dtv

»Derart poesievolle Romane sollte es viel mehr geben. Wunderschön!«
Elvira M. Gordon-Pusch, ›Frankfurter Stadtkurier‹

Ambroise Lanier ist zwar erst Ende zwanzig, doch eines weiß er genau: Ihm liegt die Würde des Menschen am Herzen. Darum hat er einen ungewöhnlichen Beruf gewählt. Allerdings macht der es ihm nicht leicht, die große Liebe zu finden.
Auch Manelle Flandin hat ihre Lebensaufgabe gefunden: Voller Wärme kümmert sich die junge Angestellte eines ambulanten Pflegedienstes um Senioren und hilft ihnen, so lange wie möglich ihre Eigenständigkeit zu bewahren.
Vermutlich hätten sich die Wege der beiden nie gekreuzt, gäbe es da nicht Samuel Dinsky. Nach einer niederschmetternden Diagnose will der freundliche alte Herr eine letzte Reise unternehmen. Zusammen mit Ambroise und Manelle …

Jean-Paul Didierlaurent, 1962 in La Bresse/Elsass geboren, hat mit seinem in zahlreiche Sprachen übersetzten Romandebüt ›Die Sehnsucht des Vorlesers‹ und den preisgekrönten Erzählungen ›Macadam oder Das Mädchen von Nr. 12‹ weltweit schon Hunderttausende Leser verzaubert.

JEAN-PAUL DIDIERLAURENT

Der unerhörte Wunsch des MONSIEUR DINSKY

Roman

Aus dem Französischen von
Sina de Malafosse

dtv

Von Jean-Paul Didierlaurent
sind bei dtv außerdem erschienen:
Die Sehnsucht des Vorlesers (21676)
Macadam oder Das Mädchen von Nr. 12 (26145)

MIX
Papier aus verantwortungsvollen Quellen
FSC
www.fsc.org
FSC® C019821

Ungekürzte Ausgabe 2018
dtv Verlagsgesellschaft mbH & Co. KG, München

Titel der französischen Originalausgabe:
›Le reste de leur vie‹

Umschlaggestaltung: dtv nach einem Entwurf von Ami Smithson,
Pan Macmillan art department
Satz: Bernd Schumacher, Friedberg
Gesetzt aus der Bulmer
Druck und Bindung: Druckerei C.H.Beck, Nördlingen
Gedruckt auf säurefreiem, chlorfrei gebleichtem Papier
Printed in Germany · ISBN 978-3-423-21755-2

Für Sabine, Marine und Bastien, meine drei Sonnen

Für meine Mutter, zum Dank für die tägliche Lektion fürs Leben

Es schien, als ob der Leib, von ungewissem Hauch
gebläht, vielfältig sich vermehrend lebte.
Charles Baudelaire, Ein Aas

1

Manelle war gereizt, wie jedes Mal, kaum dass sie über die Schwelle von Marcel Mauvigniers Wohnung trat. Der Kerl schaffte es doch jeden Tag aufs Neue, sie auf die Palme zu bringen.

»Sie denken daran, meinen Topf ordentlich zu leeren, Mademoiselle.«

So empfing er sie jedes Mal. Kein »Guten Tag«, nie ein Wort des Willkommens. Nein, nur diese schroffe Ermahnung von seinem Wohnzimmersessel aus, in dem er von morgens bis abends festsaß: »Sie denken daran, meinen Topf ordentlich zu leeren, Mademoiselle.« Womit er ihr unterschwellig unterstellte, dass sie seinen Topf normalerweise nicht ordentlich leerte. Dabei dachte Manelle an nichts anderes, wenn sie hierherkam, nur an diesen mit blasslila Blumen verzierten Emailtopf, den sie jeden Morgen vom Schlafzimmer zur Toilette bringen musste, um den

Inhalt – das Ergebnis einer Nacht mit prostatischen Störungen – in die Kloschüssel zu kippen.

Marcel Mauvignier war fast dreiundachtzig Jahre alt, seit Kurzem Witwer und hatte Anrecht auf vier Stunden Haushaltshilfe pro Woche, verteilt auf fünf Besuche von jeweils achtundvierzig Minuten von Montag bis Freitag. Besuche, während derer Manelle neben dem Leeren von Monsieurs Nachttopf unzählige weitere Aufgaben bewältigen musste, darunter staubsaugen, bügeln, das Bett machen und Gemüse schälen, und das alles unter dem misstrauischen Blick dieses alten Fieslings, der immer versuchte, ein wenig mehr für sein Geld zu bekommen.

»Ich habe eine Liste für Sie erstellt«, sagte der Alte süffisant.

Jeden Morgen wartete auf der Wachstuchdecke des Küchentischs ein kariertes Blatt Papier auf die junge Frau. Darauf standen die Aufgaben für den Tag. Manelle zog ihren blassgrünen Kittel an und überflog die Zeilen in Marcel Mauvigniers enger Schrift, der Schrift eines Knauserers, die nicht über die Linien trat. Sparsam geformte Worte.

Nachttopf leeren
Wäsche aufhängen
Weißwäsche waschen
Bett machen (Kissenbezüge wechseln)
Ficus im Esszimmer gießen

Küche + Flur fegen
Post holen

Bei dem Spiel »Wie-beschäftige-ich-meine-Haushaltshilfe-eine-Dreiviertelstunde« war Marcel Mauvignier, ehemaliger Besitzer eines Elektrowarengeschäfts, inzwischen Meister. Manelle fragte sich regelmäßig, warum es für »Lakai« keine weibliche Form gab.

Sie schaute noch einmal auf die Anweisungen und versuchte zu erraten, wo das Scheusal heute den Fünfzigeuroschein versteckt hatte. Sie wettete auf den Ficus.

Der Geldschein war Manelles täglicher Gral geworden. Ihn zu finden war für sie eine Herausforderung und gab den kommenden achtundvierzig Minuten eine gewisse Würze.

Ein Jahr zuvor, als sie den Schein zum ersten Mal auf dem Nachttisch entdeckt hatte und gerade danach greifen wollte, hielt sie mitten in der Bewegung inne. Dieser Fünfzigeuroschein, der glatt gestrichen und gut sichtbar vor ihr mitten auf dem Deckchen lag, roch förmlich nach Inszenierung. Marcel Mauvignier war keiner, der Geld einfach so herumliegen ließ. Und schon gar nicht einen solch hohen Betrag.

Ein paar Sekunden lang dachte Manelle an all das, was sie mit einer solchen Summe würde anstellen können. Restaurant- und Kinobesuche, Klamotten, Bücher blitzten in ihrem Kopf auf. Auch ganz konkrete Wünsche, wie das Paar knallroter Sandalen, das sie am Vortag im Schaufenster von

San Marina gesehen hatte und das auf 49,90 Euro reduziert war, schienen für einen Moment in greifbare Nähe zu rücken. Doch schließlich entschied sie, den Geldschein zu ignorieren, machte das Bett und verließ das Zimmer, ohne einen weiteren Blick auf die fünfzig Euro zu werfen, die sie vom Spitzendeckchen aus zu verspotten schienen.

An jenem Vormittag riss sich Marcel Mauvignier prompt vom Fernseher los und steckte seine Nase in die Küche.

»Alles gut bei Ihnen?«, erkundigte sich der Alte, während sie den Berichtsbogen ausfüllte. Bis zu diesem Tag hatte sich der Alte noch nie um ihr Wohlbefinden gekümmert.

»Ja, alles gut.«

»Keine Probleme?«, fügte er hinterhältig hinzu, während er schon ins Schlafzimmer eilte.

»Sollte es welche geben?«, rief sie ihm nur spitz hinterher.

Seine verdatterte Miene, als er wieder in die Küche kam, war für Manelle eine große Genugtuung. Alles schien ihm aus dem Gesicht zu fallen. Ein Anblick, der in ihren Augen viel mehr wert war als schäbige fünfzig Euro.

Seitdem wechselte der Schein mit der Registrierungsnummer U18190763573 – Manelle hatte die Nummer eines Tages notiert, um zu überprüfen, ob es sich wirklich immer um denselben handelte – in Mauvigniers Wohnung von einer Ecke in die andere. Es schien für den alten Mann zum Lebensinhalt geworden zu sein, Manelle Tag für Tag der Versuchung auszusetzen.

Wenig später waren die Kameras aufgetaucht. Ein regelrechtes Netz aus Mikrokameras, die so geschickt verteilt waren, dass sie die gesamten hundertzehn Quadratmeter der Wohnung abdeckten: eine in der Küche, eine im Schlafzimmer, eine, die die ganze Länge des Flurs ins Visier nahm, eine im Bad und die letzte im Wohnzimmer. Fünf schwarze, kalte Augen, denen nichts von dem, was sie tat, entging.

Einmal hatte sie das alte Ekel sogar dabei überrascht, wie er die Aufnahmen vom Vortag ansah. Sooft sie die Gelegenheit hatte, raubte Manelle den Miniaturzyklopen seither die Sicht. Ein zufällig verschobener Gegenstand, der ins Bild rückte, oder noch öfter ein ungeschickter Schubs mit dem Staubtuch, der die Kameras zum Boden oder zur Decke ausrichtete.

So hatte sie den Spieß umgedreht, und der Alte, der seine Altenpflegerin unbedingt beim Stehlen erwischen wollte, wurde zum Getriebenen. Nicht ein einziges Mal hatte Manelle eine Anspielung auf den wandernden Geldschein gemacht, was Mauvignier nicht nur wunderte, sondern aufs Höchste verärgerte. Zwar geriet sie mehrmals in Versuchung, den Geldschein anders hinzulegen oder ihn zusammenzufalten, um dem verrückten Alten deutlich zu zeigen, dass sie auf sein Spielchen nicht hereinfiel, aber letztlich wusste sie, dass das vollständige Ignorieren des

Scheins der beste Weg war, ihn zu provozieren. Und so wartete jeden Tag der Fünfziger auf sie, mal auf dem Wohnzimmerteppich, mal auf dem Deckel der Waschmaschine, auf dem Kühlschrank, zwischen zwei Bücher geklemmt, neben dem Telefon, im Schuhschrank, auf einem Stapel Handtücher im Badezimmerschrank, im Früchtekorb, zwischen die Post geschoben …

Oder, so wie heute, neben dem zu gießenden Ficus: Der Schein war halb unter den tönernen Pflanzentopf geschoben.

Als Manelle zum Schluss die Post vom Briefkasten heraufholte, kam ihr unvermutet der Gedanke, was wohl wäre, wenn Marcel Mauvignier seines Spielchens eines Tages überdrüssig würde und er den Geldschein endgültig wieder in seinem Portemonnaie verschwinden ließe. Denn inzwischen hatte sie wirklich Gefallen an diesem Fünfziger gefunden, der ihren Aufgaben im Haushalt den Anstrich einer Schnitzeljagd oder einer Schatzsuche gab.

Um genau 9:48 Uhr zog sie nach getaner Arbeit ihren Kittel aus und unterschrieb das Berichtsformular. Sie wusste, dass Marcel Mauvignier im gleichen Moment seine Uhr aus der Tasche seiner Strickjacke zog, um sich zu vergewissern, dass die achtundvierzig Minuten, die ihm zustanden, peinlich genau eingehalten worden waren.

2

Nachdem er wie jeden Morgen drei Scheiben Toast mit Butter und Brombeerkonfitüre – die einzige, die er mochte – gegessen und dazu Milchkaffee getrunken hatte, stellte Ambroise das Geschirr in die Spüle, wischte mit dem Küchenschwamm flüchtig die Krümel von der Wachstuchdecke und ging mit leisen Schritten durch den langen Wohnungsflur zum Bad. Auf halbem Weg blieb er wie immer stehen, um für einen kurzen Moment sein Ohr an Beths Tür zu legen, die das Schnarchen der alten Frau kaum dämpfte. Er liebte es, den tiefen Tönen zu lauschen; dem Klang ruhiger Meereswogen zu ihm, gefolgt vom Knistern der Kiesel. Einatmen, Ausatmen. Das Kommen und Gehen der Wellen am Strand.

Beruhigt ging Ambroise bis zum Ende des Flurs und schlüpfte lautlos in das Bad direkt neben seinem Zimmer. Die Neonleuchte blinkte wie immer erst zweimal kurz auf, bevor sie den schmalen Raum in kaltes Licht tauchte.

Über der alten Badewanne mit Klauenfüßen lag ein großes Brett aus Sperrholz. Ambroise freute sich jeden Morgen aufs Neue, wenn er vor dieser behelfsmäßigen Arbeitsplatte stand. Fein säuberlich aufgereiht lagen dort seine Instrumente auf einem Handtuch, und ihre Chromoberflächen glänzten im harten Neonlicht. Ambroise konnte sich an den funkelnden Reflexen auf dem rostfreien Stahl nicht sattsehen. Jener Moment, in dem er sich mit ihnen allein in diesem winzigen, überheizten und nach Reinigungsmittel riechenden Raum befand, versetzte ihn Tag für Tag in Entzücken.

Leise vor sich hin murmelnd ging er die Liste durch, während sein Blick von rechts nach links über das Handtuch schweifte. Skalpell, Aneurysma-Haken, Separator, Tuch- und Gefäßklemmen, Dauphin-Schere, gebogene Schere, halb gebogene, gebogene und geschlängelte Nadeln, Sonden, Nasenpinzette, hämostatische Klemme, Spreizinstrumente, biegsame und feste Spachtel. Das in seinen Augen schönste Instrument war jedoch der Trokar. Der etwa fünfzig Zentimeter lange Tubus lag angenehm in der Hand, wenn er dessen wie ein Stift geformte Spitze sorgfältig mit Hilfe einer winzigen Flaschenbürste reinigte.

Neben der Badewanne standen zwei große Arztkoffer aus Leder, deren geöffnete Klappen einen Einblick in die dunkle Leere boten. Ambroise griff nach dem weichen Lederlappen, der über dem Waschbecken hing, und polierte ein Instrument nach dem anderen, bis auch die letzten Wasserflecken verschwunden waren. Das Tuch glitt sanft über die Pinzetten, streichelte die Klingen, brachte die Griffe auf Hochglanz. Eines nach dem anderen legte er seine Werkzeuge in ihre Etuis zurück und verstaute sie dann gewissenhaft im Koffer.

Nachdem er das Handtuch in den Wäschekorb geworfen hatte, schloss Ambroise die beiden Koffer und trug sie hinüber in sein Zimmer.

Genau in diesem Moment vibrierte das Handy auf dem Nachttisch. Ambroise räusperte sich und drückte auf die grüne Taste.

Monsieur Bourdin nannte seinen Namen grundsätzlich nicht, an seinem gewohnt kühl-distanzierten Ton erkannte ihn Ambroise aber sofort. In den vier Jahren, die er nun schon für »Roland Bourdin & Söhne« arbeitete, hatte ihre Beziehung sich keinen Deut verändert und war stets rein beruflich geblieben.

Mit seinen groben Gesichtszügen, der kränklichen Blässe, einem spärlichen Bart über den Lippen, die so schmal und verkniffen waren, dass sein Mund wie eine bläuliche Narbe wirkte, gehörte sein Chef zu den Menschen, die so aussahen, wie sie klangen. Da sich seine Nachkommenschaft auf eine Tochter beschränkte, hatte der Zusatz »& Söhne« hinter seinem Namen nur den Zweck, seinem Unternehmen einen Anstrich von generationsübergreifender Seriosität zu verleihen, die den Kunden Vertrauen einflößen sollte.

Monsieur Bourdin rief Ambroise für den ersten Auftrag des Tages an. Seiner Gewohnheit entsprechend und auf jegliche sprachliche Ausschweifungen verzichtend, gab sein Chef die Informationen in einer von ihm selbst festgelegten Reihenfolge durch, von der er niemals abwich: Name des Kunden, Geschlecht, Alter und Adresse des Einsatzortes.

»Hausnummer hab ich nicht notiert, aber Ehefrau zufolge gelbes Haus«, fügte er lakonisch hinzu, bevor er auflegte.

Genauso geizig mit Artikeln wie mit Höflichkeitsfloskeln, dachte Ambroise wieder einmal, während er die Angaben in seinem iPhone speicherte.

Danach ging er leise in das zweite Badezimmer, das Beth und er sich teilten, putzte sich die Zähne, bändigte seinen schwarzen Wuschelkopf mit Gel, rasierte sich und klatschte Aftershave auf die Wangen.

Der elegante, frisch gebügelte Anzug wartete auf einem Kleiderbügel im Schrank auf ihn. Weißes Hemd, dunkelgraue Krawatte, schwarzes Jackett, schwarze Hose. Seine tatsächliche Arbeitskleidung, die die Leute nie zu Gesicht bekamen, würde er erst später wie eine zweite Haut über seine sechsundsiebzig Kilo ziehen, denn zuerst galt es, einen seriösen Eindruck zu vermitteln. Und niemanden zu erschrecken. So unauffällig zu sein wie möglich. Wie ein

Geist. Ein Geist in Anzug und Krawatte, der in der Erinnerung nicht mehr als ein vorbeihuschender Schatten sein durfte.

Zufrieden mit dem Anblick, der sich ihm im Spiegel bot, ging Ambroise mit den beiden wertvollen Arztkoffern zur Wohnungstür. Ein Reisender, der in ein fernes Land aufbricht, dachte er kurz mit einem Lächeln, das noch breiter wurde, als er im Flur Beth stehen sah. Zu jeder Uhrzeit und trotz seiner Bemühungen, so leise wie möglich zu sein, traf er beim Verlassen ihrer Wohnung stets auf die alte Frau mit ihrem strahlenden Gesicht.

Er beugte seine ein Meter achtzig zu seiner Großmutter hinunter, damit sie ihm den täglichen Kuss auf die Stirn drücken und ein »Na, denn mal los« ins Ohr flüstern konnte, das jedes Mal wie ein Segensspruch klang.

Mehr brauchte es auch nicht.

Denn die paar Worte enthielten alle Zärtlichkeit dieser Welt.

3

Fabrice Luchinis überdrehte Stimme hallte im Wagen wider.

»Am Kreisel die dritte Ausfahrt nehmen, dann rechts halten.«

Ambroise schrak auf. Er war immer noch nicht dazu gekommen, die Stimme seines Navigationsgeräts zu ändern. »Sie haben in diesem technologischen Wunderwerk eine umfassende Reihe von Stimmen zur Verfügung«, hatte der Verkäufer bei Renault stolz verkündet, als er das brandneue Dienstfahrzeug abgeholt hatte. »Von Carole Bouquet, Jean Gabin über Louis de Funès, Bourvil, Mitterand, De Gaulle bis hin zu Brigitte Bardot und noch einige andere.« Die Vorstellung, dass De Gaulle ihn anwies, links abzubiegen, oder Mitterrand ihm sagte, er solle sich rechts halten, hatte Ambroise amüsiert, jetzt nahm er sich aber vor, Luchini bei der ersten Gelegenheit durch Carole Bouquet zu ersetzen.

Für die Neuanschaffung hatte sein Chef eine weiße

Lackierung gewählt. »Ihr seid Handwerker, nicht mehr und nicht weniger«, belehrte Bourdin Tag für Tag seine Angestellten. »Okay, ihr werkelt am menschlichen Körper herum, aber dennoch seid ihr wie alle anderen Handwerker. Und Handwerker haben nun einmal weiße Autos!«

Ambroise war es unangenehm, bei Kunden mit der gleichen Art Lieferwagen vorzufahren wie Anstreicher, Klempner oder Elektriker. Er hätte sich eine noblere Farbe gewünscht, zum Beispiel das Grau, das der Chef den Fahrzeugen für die Zeremonie zugedacht hatte, eine Farbe, die Neutralität, Zurückhaltung und Effizienz zugleich vermittelte. Stattdessen musste er sich mit einer Lackierung zufriedengeben, die keine war, nur weil Monsieur Bourdin die vierhundert Euro für die Metallic-Variante sparen wollte.

»In zweihundert Metern rechts abbiegen, dann haben Sie Ihr Ziel erreicht«, meldete sich Fabrice erneut zu Wort.

Die Straße entlang reihten sich zu beiden Seiten identische Einfamilienhäuser. Ambroise betrachtete zweifelnd die geklonten Häuschen mit gleicher Garage und gleicher winziger Terrasse, den gleichen Balkonen, den gleichen anthrazitfarbenen Schieferdächern und dem gleichen Hund davor, das Ganze von einer identisch geschnittenen Thujahecke umgeben.

Zu seinem Pech waren die Häuser auch noch in einer unendlichen Variation von Gelb gestrichen: Heu, Sonne, Zitrone, Kanarienvogel, Mais, Ginster, Senf.

»Danke, Roland Bourdin und Söhne«, murmelte er verärgert und folgte letztlich seinem Instinkt, der ihn vor dem Haus halten ließ, vor dem die meisten Fahrzeuge standen.

Nachdem er unter dem penetranten Piepen des Rückwärtsradars seinen Wagen auf dem Bürgersteig geparkt hatte, holte er seine Arbeitsutensilien aus dem Kofferraum und ging die Stufen zur Haustür hinauf.

Noch bevor er auf die Klingel drücken konnte, öffnete sich die Tür, und eine etwa sechzigjährige Frau mit verheultem Gesicht und geröteten Augen erschien. Ihr kam kaum eine Begrüßung über die Lippen. Sie wirkte abwesend, stolperte über ihre Worte, murmelte mehr, als dass sie sprach.

Ambroise kannte das zur Genüge: Die Trauer legte sich auf die Stimmbänder und erstickte die Töne schon im Hals. Mit einem Kopfnicken begrüßte er die im Haus versammelte Gesellschaft. Man trat zur Seite, als er der Herrin des Hauses folgte.

Ambroise nahm sie und die Kinder in der Küche zur Seite und erklärte ihnen knapp, was er tun würde, ohne ins Detail zu gehen. An der Oberfläche der Dinge bleiben, nichts vom Handwerk preisgeben, das war die Regel, welche Fragen auch immer gestellt wurden. Je weniger die Leute wussten, desto besser war es für alle Beteiligten.

Er wählte seine Worte sorgfältig, Worte, die sich bei vielen Gelegenheiten bewährt hatten, Worte, die beruhigten. Bevor er sich zu dem Toten nach oben führen ließ, bat er um Zugang zu einem Wasserhahn. Noch einmal redete er der Witwe gut zu, dann trat er in das Zimmer ihres verstorbenen Mannes.

Eineinhalb Stunden, mehr brauchte er nicht, um zu tun, was getan werde musste.

4

Das Zimmer war in Halbdunkel getaucht. Der prägnante Geruch, der sich ihm häufig aufdrängte, sobald er das Haus von Kunden betrat, war hier aber kaum vorhanden.

Ambroise stellte seine Koffer ab, schaltete die Deckenleuchte ein und öffnete die Vorhänge, um möglichst viel Licht in den Raum zu lassen.

Auf einem Stuhl waren Anzug, Hemd, Krawatte und Unterwäsche ordentlich bereitgelegt worden. Auf dem Boden stand ein Paar frisch polierter Schuhe.

Der Leichnam lag auf dem Bett. Sechzig Jahre, korpulent. Mehr als neunzig Kilo, schätzte Ambroise und verzog kurz das Gesicht. Sein Rücken würde wieder einmal leiden müssen.

Kategorie Genussmensch. Da hieß es aufpassen. Ambroise hatte feststellen müssen, dass Genussmenschen oft miserable Tote abgaben. Die weit geöffnete Schlafanzugjacke ließ dunkle Verfärbungen an den Seiten erkennen. Durch Zyanose hatten die Ohren und Hände bereits eine intensive Cassisfärbung angenommen.

Ambroise legte sein Jackett ab und zog seinen weißen Kittel und ein Paar Latexhandschuhe an. Er entfaltete den kunststoffbeschichteten Leichensack neben dem Verstorbenen und rollte ihn darauf. Die Leichenstarre hatte bereits eingesetzt, Gliedmaßen und Kiefer waren steif. Die Muskelsteife aufzuhalten war seine erste Aufgabe. Ambroise griff nach einem Arm, bewegte ihn auf Schulterhöhe vor und zurück, legte all sein Gewicht darauf, um ihn auf Ellenbogenhöhe zu beugen. Er nahm die Hand, zog und dehnte die Finger. Das Gleiche tat er mit dem anderen Arm, dann machte er sich an die unteren Gliedmaßen. Währenddessen behielt er den ganzen Körper im Auge, achtete auf das kleinste Detail. Man hat's noch mit einer Herzmassage versucht, stellte Ambroise fest, als er die bläuliche Stelle auf Höhe des Sternums entdeckte. Er gab dem Unterkiefer seine Beweglichkeit zurück. Dann hob er den Oberkörper des Verstorbenen an, um ihm die Schlafanzugjacke auszuziehen. »Letzter Tango, mein Guter«, hatte sein Ausbilder, den man in der Branche zärtlich Meister Thanatos nannte, dabei meist zu den Umschlungenen gesagt.

»Illusionskünstler, Ambroise, das sind wir«, hatte er seinem damaligen Lehrling vorgebetet. »Nichts anderes als

Illusionskünstler, deren Aufgabe es ist, die anderen glauben zu machen, dass alles einfriert, sobald der Tod zugeschlagen hat. Schwachsinn. Das Leben hört mit dem Tod nicht auf, im Gegenteil. Es nährt sich von den Toten, ist nie mit ihnen fertig. Und ohne uns würde es die sterblichen Überreste in etwas Schreckliches und Furchterregendes verwandeln. Wir sind dazu da, der Invasion des Lebens Einhalt zu gebieten und es zurückzudrängen wie eine angreifende Armee. Um es bis in die letzten Organe zu verfolgen, es hinauszuwerfen und die Tür zu verriegeln, um den unvermeidlichen Verfall des Fleisches zu vermeiden. Zauberer, junger Padawan«, hatte der Meister voller Stolz und Begeisterung gesagt, »das sind wir, nicht mehr und nicht weniger als Zauberer, deren schwere Aufgabe es ist, Leichen in friedlich Schlafende zu verwandeln.«

Nachdem er den Verstorbenen vollständig ausgezogen hatte, öffnete Ambroise den Arztkoffer, in dem die Pumpe, die Beutel und der Saugkollektor lagen. Er füllte Wasser in das Gefäß und fügte die verwesungshemmende Substanz auf Formaldehydbasis hinzu. Die Injektionsflüssigkeit wurde augenblicklich leuchtend rosa.

Er legte die elektrische Pumpe aufs Bett und verkeilte Infusions- und Saugbehälter zwischen den Beinen des Toten. Dann holte er die nötigen Instrumente aus dem Koffer und legte sie auf das Edelstahltablett, schnitt zwei Ligaturfäden ab, steckte die Kanüle auf den Schlauch, legte die

Baumwollfäden bereit und holte zwei transparente Augenkappen hervor.

Ambroise liebte diese Vorbereitungen, bevor er ans Werk ging. Keiner durfte das Material je zu Gesicht bekommen. Das war eine goldene Regel, so wie keiner jemals bei der Behandlung dabei sein durfte. Wenn er zur Tat schritt, hatte die Welt der Lebenden hier nichts mehr zu suchen. Sein alter Ausbilder hatte recht. Er war ein Zauberer, und wie jeder Zauberer durfte er seine Tricks nicht verraten.

Mithilfe eines Wattebauschs, der mit einer alkoholischen und feuchtigkeitsspendenden Lösung getränkt war, reinigte er Nase und Augen, bevor er die Plastikkappen über die Pupillen zog, deren Noppen den Zweck hatten, die Augen geschlossen zu halten. Die Wangen und Ohren des Verstorbenen rieb er mit einer Massagecreme ein. Danach führte er mit dem Skalpell einen mehrere Zentimeter langen Schnitt unter der Kehle durch, um die Arterie freizulegen, wobei er darauf achtete, die Jugularvene direkt daneben nicht zu beschädigen. Als er die Kanüle in die Arterie geschoben und mit einer Klemme fixiert hatte, schloss er die elektrische Pumpe an, die leise summte, und begann mit der Injektion. Bald schwollen die Adern an. Er massierte Hände, Wangen und Ohren kräftig, damit die Flüssigkeit sich besser verteilen konnte. Mit seinem Skalpell vollführte Ambroise daraufhin einen zweiten Schnitt, winzig diesmal, zwischen Bauchnabel und Brustbein, durch den er den mit dem Saugsystem verbundenen Schlauch einführte. Nachdem er zwei Liter der Konservierungslösung in den Körper gepumpt hatte, perforierte Ambroise mit dem Trokar in einer beherzten und präzisen Geste das Herz, um das Blut abzuzapfen, das sogleich in den Auffangbeutel schoss.

Und einmal mehr geschah das Wunder, so schön wie der Sonnenaufgang, der die Nacht vertreibt: Die Flecken verblassten, die Haut wurde wieder rosig, und die Zyanosen auf Wangen und Ohren verschwanden wie von Zauberhand, während das Formalin nach und nach das Blut ersetzte. Das vom Todeskampf verkrampfte Gesicht entspannte sich, und ein Ausdruck ruhiger Gelassenheit erschien darauf.

Die Gewissheit, dass die Zeit ihm nichts mehr anhaben kann, dachte Ambroise. Mithilfe des Saugers suchte Ambroise nun einzeln die Organe ab, um noch den Überschuss an Hämoglobin, Urin und Gas abzusaugen. Nieren, Lunge, Blase, Magen, dank seiner Erfahrung wusste der junge Thanatopraktiker genau, in welchem Organ er sich gerade befand, und das allein am Widerstand beim Perforieren.

Schließlich schaltete Ambroise die Pumpe aus. Die Stille traf ihn wie immer unvorbereitet.

Totenstille.

Zufrieden lächelnd dichtete er Nasenlöcher und Kehle ab, indem er die Wattebäusche tief hineinschob, und machte sich daran, den Kiefer mit ein paar Stichen der gebogenen Nadel zu verschließen. Weniger als eine Minute später hielt der unsichtbar verschlungene Faden zwischen Unterkiefer, Gaumen und Nasenscheidewand den Kauapparat. »Einer mehr, der nie mehr sprechen wird«, hatte Meister Thanatos nach dieser Prozedur gewöhnlich gesagt.

Ambroise entfernte die Injektionskanüle und vernähte die Eintrittsstelle. Er nahm das Fläschchen mit der Füllflüssigkeit, hängte es an den Schlauch, der zum Trokar führte, und hob die Flasche über seinen Kopf. Durch das Gesetz der Schwerkraft floss die Lösung in den Leichnam, um sich bis tief in die Organe auszubreiten. Als ein halber Liter im Innern verteilt war, zog Ambroise den Sauger heraus, wischte ihn sorgfältig ab und verschloss die Schnittwunde mit einem Stopfen. Wie ein Mechaniker nach einem Ölwechsel, dachte er kurz dabei.

Sorgfältig rasierte er danach die Wangen und das Kinn des Verstorbenen. Dann wusch er den Körper und trocknete ihn ab, bevor ein weiteres Tänzchen folgte, um ihn anzuziehen.

Vor Anstrengung stöhnend manövrierte Ambroise den Neunzig-Kilo-Mann etwa zehn Minuten lang hin und her, drehte ihn um, hob ihn hoch, kippte ihn zur Seite. Er schnürte die Schuhe, knöpfte die Jacke zu, band ihm die Krawatte um und kämmte das Haar.

Wie ein Künstler vor seinem Werk trat er zum Schluss

ein Stück zurück und betupfte nach einem letzten Blick das rechte Ohr, das dunkler war als das andere, mit einer diskreten Schicht Make-up, richtete den Hemdkragen und die Krawatte und strich eine Falte aus der Anzugjacke. Da die Konservierung in den Augen der Leute unsichtbar bleiben sollte, musste man aufpassen, dass kein noch so winziges Detail die Illusion zerstörte.

Der Leichensack wurde auf beiden Seiten unter den Körper gefaltet. Seine Kollegen vom Bestattungsunternehmen würden ihn für die Sarglegung benutzen. Ambroise zog das Laken bis zum Bauchnabel hoch, faltete die Hände über der Brust des Toten und schob ihm den Strauß Maiglöckchen, der auf dem Nachttisch bereitlag, zwischen die Finger.

Als er mit allem fertig war, räumte er die Instrumente, die leeren Flaschen, die Beutel mit den Körperflüssigkeiten und den Abfallbeutel, in den er Handschuhe und Maske steckte, wieder in die Koffer, und nachdem er den Kittel gegen seine Anzugjacke getauscht hatte – eine Stunde und zwanzig Minuten waren inzwischen vergangen –, ging Ambroise hinaus, um die Familie zur Präsentation des Leichnams zu bitten.

Das Urteil kam aus dem Mund der ältesten Tochter: »Mein Vater war so schön!«, rief sie aus und benetzte die Stirn des Verstorbenen mit ihren Tränen, als sie ihn küsste.

Einmal mehr war der Zaubertrick gelungen. Der junge

Leichenpräparator verabschiedete sich diskret und ließ von seinem Besuch nicht mehr Spuren und Erinnerungen zurück als ein Geist.

Ein Geist, in dessen Hosentasche das Telefon vibrierte, um den nächsten Auftrag anzukündigen.

5

Auf Manelles täglicher Tour war Monsieur Dinsky eine wahre Erholung.

Wie jedes Mal strahlten Samuel Dinskys Augen, zwei dunkle Murmeln mit einem frechen Blitzen darin, sobald er die junge Frau sah. Mit seiner gleichbleibend guten Laune war er im Laufe der Monate zu viel mehr geworden als einem einfachen Kunden. Zweiundachtzig Jahre alt, ein etwas zu hoher Cholesterinspiegel, alleinstehend und keine Verwandte – der ein Meter fünfundsechzig große Mann empfing Manelle jeden Tag mit aufrichtiger Freude.

Manelle war seine Zauberfee, sein Turteltäubchen, sein Engel, sein Aschenputtel, seine Zuckerpuppe, seine kleine Pfingstrose, sein Sonnenschein, sein Schätzchen – mit diesen und allerlei anderen blumigen Bezeichnungen begrüßte er sie jeden Vormittag. Es geschah ohne Hintergedanken, dass er ihr diese Aufmerksamkeit schenkte, an seinen Worten war nichts Anstößiges. Im Gegensatz zu manch altem Lüstling, der die »Haushaltshilfe« mit »Sexualhilfe« verwechselte und die Hände nicht bei sich behalten konnte, zeigte der alte Mann durch seine Zuneigung nichts anderes, als dass er glücklich war, sie jeden Tag zu sehen, montags bis freitags von elf bis zwölf Uhr. Ihr gefiel der Gedanke, dass ihr allein dieses Privileg vorbehalten war, auch wenn eine Stimme in ihrem Kopf ihr zuflüsterte, dass er mit ihren Kolleginnen sicher genauso umging und er durch die Kosenamen geschickt vermied, ihre Namen durcheinanderzubringen.

Samuels kleines Haus in der Rue d'Alger war wie sein Besitzer: einfach und einladend, ohne unnötigen Firlefanz, und trotz allem charmant. Manelle war gern bei ihm. Die Stunde mit dem alten Mann hatte die gleiche Wirkung auf sie wie ein erstes Sonnenbad nach dem Ende des Winters.

Leise klopfte sie an die Tür, um sich anzukündigen, und trat ein.

»Ich bin es«, rief sie vom Flur aus.

»Hallo! Wie geht es meinem Herzchen heute Morgen?«

»Dem Herzchen geht es gut, danke. Und Ihnen?«, erkundigte sie sich, während sie links und rechts ein Küsschen auf die kratzigen Wangen des Alten setzte, eine der grundsätzlichen Berufsregeln brechend, die besagte, dass jeder körperliche Kontakt mit dem Kunden, der als Geste der Zuneigung verstanden werden konnte, zu vermeiden sei. Manelle Flandin hatte sich in jeglicher Hinsicht auf die offiziellen Pflichten zu beschränken, für deren Erfüllung sie bezahlt wurde, nicht mehr und nicht weniger – Pflichten, die auf Folgendes begrenzt waren:

- *Geschirr abspülen;*
- *Wäsche waschen;*
- *Wäsche aufhängen;*
- *Fenster putzen;*
- *bügeln;*
- *Bett machen;*
- *Hilfe beim Aufstehen;*
- *Hilfe beim Zubettgehen;*
- *Hilfe beim Anziehen;*
- *Hilfe beim Auskleiden;*
- *Hilfe beim Gang zur Toilette;*
- *einkaufen;*
- *Essen zubereiten;*
- *Haustiere füttern;*
- *Müll rausbringen;*
- *mit dem Hund Gassi gehen;*
- *Boden fegen und scheuern;*
- *Parkettboden wachsen;*
- *staubsaugen;*
- *Fensterläden öffnen und schließen;*
- *Pflanzen gießen;*
- *… und den Nachttopf von Marcel Mauvignier leeren.*

In keinem Fall war allerdings vorgesehen, folgende Dinge zu tun:

- *Anne Vauquelin jeden Abend aus dem neuen Roman von Marc Levy vorlesen, um ihr beim Einschlafen zu helfen;*
- *die Aktienkonten von Pierre Ancelin führen;*
- *eine Stunde lang die Fotos der Familie Perron ordnen;*
- *plaudernd einen Kaffee trinken und ein Stück Kuchen oder Quiche essen;*
- *für Jeannine Poirier, die nichts mehr sah, sämtliche Szenen ihrer Vorabendserie beschreiben und kommentieren;*
- *mit Ghislaine de Montfaucon Scrabble spielen;*
- *der Witwe Dierstein jeden Freitagabend ihren Negroni (ein Drittel Campari, ein Drittel Wermut, ein Drittel Gin) zubereiten und mit ihr anstoßen;*
- *oder jeden Vormittag die kratzigen Wangen von Samuel Dinsky küssen.*

Aber Manelle scherte sich nicht um die Regeln, und niemand würde sie je daran hindern, alle Samuel Dinskys dieser Erde zu küssen, auch wenn solche Gesten durch die Bibel aller ambulanten Pflegedienste formal untersagt waren.

»Mir geht's immer gut, wenn ich meine kleine Reinemach-Fee sehe.«

Die Schachtel Schmerzmittel auf dem Buffet strafte seine Worte Lügen. Seit einiger Zeit litt der alte Mann regelmäßig unter Migräne, und die Kopfschmerzen machten ihm manchmal tagelang das Leben schwer. Manelle hatte ihn, wenn er glaubte, vor Blicken sicher zu sein, schon mehrfach dabei überrascht, wie er vor Schmerz das Gesicht verzog.

Sorgenvoll zählte sie die verbrauchten Tabletten im Blister.

»Sie haben seit gestern sechs Stück genommen?!«, tadelte sie ihn. »Das ist viel, wissen Sie. Gestern Nachmittag war der Arzt hier, was hat er gesagt?«

»Dass ich trotz meines Alters den Blutdruck eines jungen Mannes habe. Er hat mir nur neue Cholesterintabletten verschrieben und ein wenig stärkere Schmerzmittel, aber ich nehme erst einmal diese zu Ende.«

»Das ist alles?«

»Nein, in vierzehn Tagen soll ich eine Kernspinuntersuchung machen und vielleicht einen Neurologen aufsuchen, was weiß ich. Was steht denn heute auf dem Speiseplan, meine Schöne?«, lenkte er geschickt ab.

Auch wenn er ab und zu noch kochte, nahm der alte Mann gern den Lieferservice von Essen auf Rädern in Anspruch. Das Erste, was die junge Frau tat, wenn sie bei Samuel eintraf, war darum immer, ihm das Tagesmenü vorzulesen. Ein Ritual, das ihr sehr viel Spaß machte und das sie mit feierlichem Ernst ausführte. Sie nahm das kartonierte Blatt, auf dem in Schönschrift das gastronomische Wochenprogramm stand, und stieg wie ein Marktschreier auf einen Stuhl.

»Am heutigen Dienstag, dem 12. April«, rezitierte sie mit klarer, melodiöser Stimme unter Samuels amüsiertem Blick, »haben wir als Vorspeise Mortadella auf einem Salatbett, gefolgt von Hühnergeschnetzeltem an ›Pierre-Le-Grand‹-Püree. Und zum Nachtisch gibt es eine fein geschlagene Milchcreme mit einem Waldfrüchte-Coulis.

Im Übrigen ist Ihnen der Küchenchef dankbar für jede Anregung, die zur Verbesserung der Qualität seiner Dienstleistungen beitragen kann – abgesehen vielleicht von dem Umstand, dass diese Pürees, mit so zauberhaften Bezeichnungen wie ›La Musard‹ für Bohnen, ›La Conti‹ für Linsen, ›La Crécy‹ für Karotten oder, wie heute, ›Pierre-Le-Grand‹ für Sellerie, einmal auf den Teller geklatscht, am Ende alle ausnahmslos wie ein dampfender, kackbrauner Kuhfladen aussehen.«

Manelles Vorstellung wurde von Samuel wie immer wild beklatscht, und danach wirbelte sie dann fünfzig Minuten durchs Haus, vom Schlafzimmer in die Küche und wieder ins Wohnzimmer, wobei sie sich ununterbrochen mit dem alten Mann unterhielt, der unterdessen am Fenster saß, die Zeitung ungelesen auf den Knien. Es waren fünfzig Minuten, in denen sie über Gott und die Welt sprachen, über ernste und leichte Dinge, Regen und Sonnenschein, über Regierungspolitik, Malerei, Literatur, fünfzig Minuten, die in den Augen der jungen Frau so viel mehr wert waren als das Geld, das sie dafür bekam.

Nur auf ihre Fragen nach seiner Vergangenheit ging der alte Mann nie ein. Die Erklärung dafür war wahrscheinlich die Nummer, die mit bläulicher Tinte auf seinen Unterarm tätowiert war.

6

Die ganze Wohnung duftete nach dem Ragout, in dem Beth rührte, als Ambroise abends von der Arbeit heimkam. Nachdem sie ihn wie üblich über seinen Tag ausgefragt hatte, stellte seine Großmutter heute endlich die Frage, die ihr schon seit einiger Zeit auf der Seele lag.

»Siehst du deine Julie eigentlich noch?«, erkundigte sie sich mit Unschuldsmiene, während sie die Pfeffermühle über dem Topf drehte.

Nein, Ambroise sah Julie nicht mehr. So wie er Manon, Lise und Laurine nicht wiedergesehen hatte. Sein Liebesleben war nun mal ein Problem, und dennoch hoffte seine Großmutter unverdrossen, dass er eines Tages trotzdem seine Seelenverwandte finden würde. Oh, es fehlte ihm nicht an Gelegenheiten. Mit seiner stattlichen Figur, seinem engelhaften Gesicht und seinem rebellischen Haarschopf ließ Ambroise die Frauen nicht kalt. Auch wenn er nicht eine Eroberung nach der anderen machte, so hatte der junge Mann im Laufe der letzten Jahre doch die Liebe kennengelernt. Dennoch war jede dieser Beziehungen nach einigen Tagen, Wochen oder, bei den ernsteren Geschichten, auch Monaten im Sand verlaufen. Schuld daran war sein Beruf. Mit der Zeit und durch die Erfahrung hatte Ambroise zwar gelernt, gewissen Fragen auszuweichen, zu verschweigen, womit er sein Geld verdiente, oder mit Lügen zu verbergen, indem er zum Beispiel erzählte, dass er in einem medizinischen Beruf arbeite. Doch trotz dieser Vorsichtsmaßnahmen kam es immer zu dem schrecklichen Augenblick, in dem das Wort schließlich auftauchte: Thanatopraktiker. Jedes Mal war dies der Auslöser für einen zerstörerischen Prozess, der nicht aufzuhalten war. Zunächst ging eine wahre Flut von Fragen auf ihn nieder; Warums und Wies, denen er unmöglich entkommen konnte. In den meisten Fällen weckten seine Antworten Ekelgefühl – der Gedanke, dass die gleichen Hände, die nach Einbruch der Nacht ihren Körper streichelten, den Tag über sterbliche Überreste manipulierten, die der Tod kalt und hart hatte werden lassen, widerte die jungen Frauen einfach an. Manchmal rief seine Eröffnung auch eine morbide Anziehungskraft hervor, die sich in ihr Liebesleben einschlich wie der Wurm in den Apfel. Aber am schlimmsten war, dass sie ihn nach seinem Eingeständnis mit verändertem Blick ansahen, in dem er eine Mischung aus Abscheu und Faszination erkannte.

Thanatopraktiker. Das Wort war der Todesstoß für jede Beziehung.

»Verschwendung«, wiederholte Beth stets, wenn sie von den wenigen Frauen sprach, die erfolgreich die Prüfung des *kouign-amann* bestanden hatten. Für die alte Dame war die Menschheit eindeutig in zwei Gruppen einzuteilen: Es gab diejenigen, die ihren traditionellen bretonischen Butterkuchen mochten, und die anderen. Keine der Eroberungen, die der junge Mann nach Hause brachte, konnte dem von Beth auferlegten Kuchentest im Anschluss an die Käseplatte entgehen. Wer aß wie ein Spatz oder sich vor Fett im Essen fürchtete, erhielt ein Urteil ohne Revisionsanspruch: Jemand, der die zartbuttrige Textur des *kouign-amann* auf seiner Zunge nicht zu schätzen wusste, war nicht fähig, das Glück in sein Herz zu lassen. Doch die anderen, zu denen auch Julie gehört hatte, erhielten auf ewig ihren Segen.

Ambroise hatte inzwischen aufgehört, sich auf jemanden richtig einzulassen. Er zog nun die lieblose Leere vor, hier und da durchbrochen von einem Abenteuer für eine Nacht, das zu nichts anderem führte als zu einer Runde Matratzenakrobatik. Körperliche Nähe, nichts weiter, und dann gehen, bevor das vermaledeite T-Wort einmal mehr alles zerstörte. Aber Sex ohne Liebe, das war wie Essen ohne Salz.

Vor Kurzem hatte er sogar die Dienste einer Professionellen in Anspruch genommen. Als er eines Abends im strömenden Regen durch das Labyrinth der Gassen zum Parkhaus lief, in dem sein Auto stand, hatte eine junge Frau ihm Kaugummi kauend hinterhergerufen: »Kommst du mit mir hoch, Süßer?«

Ein Satz wie aus einem schlechten B-Movie. Lange, wohlgeformte Beine in Nylonstrümpfen, perfekt gerundete Brüste, ein mit Lipgloss betonter Schmollmund.

Ohne zu überlegen war Ambroise ihr in den dunklen, stinkenden Flur gefolgt und die zehn Stufen bis zu ihrer winzigen Einzimmerwohnung hochgestiegen.

»Es wird vorher gezahlt!«, hatte sie befohlen, kaum stand er im Flur.

Ungeschickt hatte er in seinem Geldbeutel nach den geforderten fünfzig Euro gekramt.

»Zieh dich aus, mein Großer.«

Eine Aufforderung ohne Wärme. Wie eine Lehrerin, die ihren Schüler anweist. Er hatte gehorcht, fieberhaft seine Kleidung zusammengefaltet und sie auf den vorgesehenen Stuhl gelegt.

»Leg dich hin.«

Das schmale Bett war mit schützendem Papier bedeckt, wie man es normalerweise auf der Behandlungsliege beim Hausarzt oder Physiotherapeuten vorfand.

»Ich bin Thanatopraktiker«, sagte Ambroise.

Warum gerade jetzt dieser Satz? Vielleicht hatte er die geheime Hoffnung, dass ihn das Mädchen wie einen Ausgestoßenen hinauswerfen, ihm seinen Geldschein ins Gesicht werfen würde, ihn beschimpfen, er sei ein Perverser und solle lieber an seinen Leichen herumspielen. Aber nichts davon geschah.

»Mach ruhig, was dir gefällt, mein Hase«, entgegnete die Nutte, während sie ihn mechanisch streichelte und dann mit einer gekonnten Geste das Kondom über sein halb steifes Glied zog. Gesten wie von einer Klinikärztin. Ein Schauer durchlief ihn. Ambroise versuchte, ihre Brust zu streicheln, aber sie wich zurück, als hätte sie sich verbrannt.

»Finger weg von meinem Busen! Und mein Mund ist auch tabu. Außer du bezahlst. Fünfzig sind für einen Blowjob oder einmal Sex, mehr nicht«, rief sie, während sie brüsk seine Hand wegschob, im Tonfall einer Geschäftsfrau, die einen zu anspruchsvollen Kunden zurechtweist. Als sie sein Glied weiter bearbeitete, hatte er das schreckliche Gefühl, dass sein Geschlecht ein vulgäres Stück Fleisch war, ein von seinem Körper abgetrenntes, in Plastikfolie gestecktes Stück Grillfleisch. Er rollte sich trotzdem auf sie und drang in sie ein, erschauerte, als er ihre Nylonstrümpfe berührte, die kalte Haut eines Reptils. Er schloss die Augen vor dem Licht, das kalt von der Decke aufs Bett fiel, konzentrierte sich mit aller Macht auf seine Lust, bis er es nach mühsamem Vor und Zurück endlich schaffte, in diesem Frauenkörper zu kommen, den er ein paar Minuten zuvor noch nicht gekannt hatte. Es war ein fast schmerzhafter

Orgasmus, angetrieben von dem Wunsch, so schnell wie möglich fertig zu werden.

Fünf Minuten später stand Ambroise wieder auf dem Bürgersteig, angewidert von sich selbst. Fünfzig Euro, der Preis für die Verdammnis. Zu Hause hatte er heiß geduscht und sich lange abgeseift. Doch der Ekel vor sich selbst war hartnäckiger gewesen als der Geruch des Todes.

7

Madeleine Collot war wie so oft bereits aus der Haustür und kam Manelle leicht humpelnd, die Handtasche quer über den Schultern, entgegen. Ihre neunzig Kilo, die ihren wiegenden Gang erklärten, hatte sie heute in einen viel zu engen Trenchcoat gezwängt. Manelle beeilte sich, ihren Regenschirm schützend über sie zu halten und ihr den Weidenkorb abzunehmen, der an ihrem Arm baumelte.

»Madeleine, wie oft muss ich Ihnen noch sagen, dass Sie auf mich warten sollen?! Sie sind wirklich unvernünftig.«

Mit dem Gesichtsausdruck eines Kindes, den sie bei jeder Rüge aufsetzte, schaffte es die alte Dame wie immer, ihre Betreuerin milde zu stimmen. Einmal mehr konnte sich Manelle Madame Collots reuevollem Schmollmund nicht widersetzen.

Trotz ihres fortgeschrittenen Alters, ihres Übergewichts und ihres Rheumas, ob bei Wind, Schnee oder Regen, bestand Madeleine Collot darauf, jeden Tag in das Lebensmittelgeschäft des Viertels zu gehen, das fünfhundert Meter von ihrem Haus entfernt lag. Da sie ebenso stur wie freundlich und zurückhaltend war, konnte nichts und niemand sie von ihrer heiligen Mission abbringen, zu Maxini zu gehen: »Maximale Auswahl, minimaler Preis«. Für die alte Frau gehörte es zu ihrem täglichen Vergnügen, durch die Ladentür zu treten, begleitet von ihrer Seniorenhilfe, deren Aufgabe es war, ihr wie ein Schatten zu folgen und den Einkaufskorb in Reichweite zu halten.

Es dauerte nie länger als eine Viertelstunde, denn sie kaufte immer nur ein paar Dinge für den nächsten Tag ein.

»Ich weiß nicht, wie ich es erklären soll«, hatte sie Manelle eines Tages gestanden. »Es hilft mir, wissen Sie. Früher bin ich zur Frühmesse in die Kirche gegangen, aber inzwischen gibt es im Viertel keine Messe mehr, ja noch nicht mal mehr einen Pfarrer. Also habe ich auf Maxini umgeschwenkt: Der Laden liegt auf dem Weg zur Kirche, und er ist immer geöffnet. Ich weiß nicht, warum, aber es beruhigt mich, all die gut gefüllten und ordentlich aufgeräumten Regale zu sehen. Und es mag lächerlich sein, aber es gibt mir ein Ziel für den Tag. Sonntags, wenn geschlossen ist, bin ich nicht ganz bei mir. Ich habe Beklemmungen, und der Tag erscheint mir viel länger als die anderen. Ich kenne viele Witwen, die sonntags ihren verstorbenen Mann auf dem Friedhof besuchen, aber ich muss nicht mit einem Stück geschliffenem Granit sprechen, damit mein Dédé mir antwortet. Ich kann weder Friedhöfe noch Sonntage leiden.«

Im Maxini umfing den Kunden der Eindruck von Fülle und Überfluss, der durch die engen Gänge noch verstärkt wurde. Jeder Meter Auslagefläche war bis zur Kapazitätsgrenze ausgenutzt.

Ein Phänomen, das Manelle jedes Mal überraschte, war, dass Madeleine Collots Hinken nahezu verschwand, sobald sie zwischen den reich gefüllten Regalreihen hindurchging. Auch heute wurde der Gang der alten Dame schwungvoller, je weiter sie in das Geschäft vordrang. Madeleine begnügte sich mit einem kleinen Stück Kalbfleisch, einer Packung Selleriesalat in Remouladensoße, einem halben Liter Orangensaft und zwei Bechern Naturjoghurt. Es gab bei Maxini nur eine Kasse, und an der saß entweder Boussouf, ein junger, freundlicher Student, der immer zu Scherzen aufgelegt war, oder die Geschäftsführerin, eine mürrische, abweisende, alterslose Frau, die stets einen verwaschenen rosa Kittel trug. Beim Maxini-Roulette gab es nur zwei Felder: Boussofs Lächeln oder Geschäftsführerrosa. Heute hatte leider Rosa gewonnen.

»Dreizehn Euro und achtundzwanzig Cent«, verkündete die Chefin von ihrem Rollhocker herab wie einen Urteilsspruch.

Fieberhaft durchwühlte Madeleine ihre Handtasche –

bis sie sich eingestehen musste, dass sie ihr Portemonnaie wohl zu Hause vergessen hatte.

Die Panik in ihrem Blick berührte Manelle, sodass sie ihr zu Hilfe kam.

»Das macht doch nichts, Madeleine, machen Sie sich deswegen keine Gedanken, Sie können es mir ja später zurückzahlen«, versicherte sie ihr, während sie der Kassiererin ihre Bankkarte hinhielt.

»Tut mir leid, aber unser Geschäft akzeptiert keine Kartenzahlung unter fünfzehn Euro.«

Ihr Tonfall ließ keine Diskussion zu. Auf der Anzeige der Registrierkasse stand in leuchtenden Zahlen die zu bezahlende Summe. Eins drei Punkt zwei acht.

Manelle seufzte.

»Madame Collet kommt jeden Tag hierher, können Sie da keine Ausnahme machen?«

Die Kassiererin tippte mit ihrem knochigen Zeigefinger auf das kleine Schild, das direkt auf den Deckel der Kasse geklebt war: Kartenzahlung ab 15 Euro. Das Klebeband war mit der Zeit gelb geworden, und die Tinte war an manchen Stellen verschmiert.

Manelle schaute auf den Vornamen, der auf den Kittel der Geschäftsführerin gedruckt war.

»Hören Sie, Chantal, ich habe kein Bargeld dabei, können Sie wirklich keine Ausnahme machen?«

Nein, Chantal konnte offensichtlich nicht. Ihr Kopf

schwenkte von rechts nach links, begleitet von einem Ts-ts-ts. Eine automatische Sprinkleranlage, dachte Manelle.

»Das ist nicht schlimm«, stammelte die verwirrte Madeleine, doch das Gegenteil war offensichtlich der Fall. Noch nie war sie von Maxini mit einem leeren Korb zurückgekehrt.

»Doch, das ist schlimm«, entgegnete Manelle.

Das Wochenende hatte nicht ausgereicht, um ihre Müdigkeit zu vertreiben, und sie war nicht in der Stimmung, sich am Montagmittag schon von einer knochigen Hexe das Leben schwer machen zu lassen.

In der letzten Teamsitzung hatte die Bereichsleiterin wieder mal betont, dass persönliche Initiative nicht verboten war, unter der Bedingung, dass die Situation es erforderte. Und diese Situation erforderte es eindeutig. Wenn Fräulein Rechenschieber fünfzehn Euro wollte, würde Manelle sie ihr geben.

Sie nahm die Bonbongläser und den Ständer mit den Lutschern neben der Kasse ins Visier. Süßigkeiten in allen Farben und Formen. Geliertes, Zitroniertes, Dragiertes, Schaumzuckriges, zu Kauendes, zu Lutschendes, Auf-der-Zunge-Zergehendes für zwei, drei, vier oder fünf Cent.

»Wie stand es bei der letzten Untersuchung um Ihren Blutzucker, Madeleine?«, fragte Manelle.

»Gut. Mein Cholesterinspiegel ist ein wenig erhöht, aber mein Blutzucker ist stabil.«

»Gut. Dann geben Sie uns bitte Bonbons für einen Euro zweiundsiebzig, Chantal«, ordnete Manelle an, und an Madeleine gewandt fügte sie hinzu: »Ich schenke sie Ihnen.«

Madame Collots Augen leuchteten beim Anblick der Süßigkeiten auf.

Die Kassiererin hatte ihre Hand bereits in das erste Gefäß gesteckt, um eine Handvoll Lakritzschnecken für fünf Cent das Stück herauszufischen.

Manelle unterbrach sie.

»Warten Sie, nein, nicht die. Geben Sie mir fünf Haribo-Erdbeeren, vier Bananen ... und ... drei Colafläschchen. Und dann nehmen wir noch ... eine Tüte Brausestäbchen, fünf Colakracher, gut ... ach, und Krokodile, ja, die sind lecker, geben Sie uns noch sieben Krokodile.«

Die Hand der Kassiererin flog von einem Glas ins andere, schraubte die Deckel je nach Anweisung auf und wieder zu.

»Bei wie viel stehen wir?«, erkundigte sich Manelle seelenruhig.

Nachdem sie nervös auf ihrem Taschenrechner herumgetippt hatte, verkündete die Geschäftsführerin die Summe.

»Fünfundneunzig Cents.«

Zu ihrem großen Vergnügen begannen einige Kunden hinter Manelle bereits vor Ungeduld zu schnaufen und von einem Fuß auf den anderen zu treten.

»Dann geben Sie uns noch vier Jelly Beans ... drei Schlümpfe, eine Konfektstange, eine saure Schlange, Cola bitte, und zwei Apfelringe … Nein, warten Sie, nur einen Apfelring, und stattdessen legen Sie noch zwei Draculazähne dazu. Was macht das?«

Die Tasten klapperten, was das Zeug hielt. Die Schlange hinter ihnen war unterdessen noch um ein paar Kunden länger geworden. Ein Aufstand bahnte sich an.

»Ist die Kasse kaputt?«

»Was ist da los?«, rief ein junger Kerl von ganz hinten.

»Warum, zum Teufel, dauert das heute so lange?«

Manelle drehte sich um und schenkte den ungeduldig Wartenden ein Achselzucken, um ihr tiefes Bedauern auszudrücken.

»Einen Euro achtundachtzig«, stieß Fräulein Rechenschieber hysterisch zwischen den Zähnen hervor.

»Uups, das ist zu viel«, erwiderte Manelle und ließ sie eine Konfektstange und zwei Krokodile durch ein Colafläschchen ersetzen, um auf die richtige Summe zu kommen. Hektisch griff Chantals knochige Hand nach der Kreditkarte und schob sie in das Lesegerät. Bevor sie ging, reichte Manelle der Kassiererin noch die zwei Draculazähne und zeigte dabei ihr schönstes Lächeln.

»Die sind für Sie. Sie werden Ihnen ausgezeichnet stehen. Einen schönen Tag noch.«

Schweigend ging Madeleine neben Manelle die Straße hinunter, die Tüte mit den Süßigkeiten wie einen Schatz an sich gedrückt.

Zu Hause angekommen humpelte sie bis zu ihrem Sessel und ließ sich mit einem zufriedenen Schnaufen darin nieder.

Während Manelle die Einkäufe einräumte, konnte sie aus den Augenwinkeln beobachten, wie auf dem Gesicht der alten Frau ein kindliches Lächeln erschien, als sie die erste Haribo-Erdbeere aus der Tüte holte.

8

An diesem Abend nahm Beth ihn nach dem Essen erneut ins Gebet.

»Es ist so schrecklich mitanzusehen: ein Möbelstück, das nur als Staubfänger dient«, schimpfte sie und deutete mit dem Kinn in Richtung Bücherregal.

Ambroise erinnerte sich an den Nachmittag, den er damit zugebracht hatte, die drei Elemente, die er bei Ikea erstanden hatte, zusammenzubauen. Einen halben Tag hatte er systematisch die verschiedenen Teile ausgepackt und zugeordnet, bevor er sie, genau der Anleitung folgend, zusammengesetzt hatte.

Etwa drei Monate waren inzwischen vergangen, seit er das brandneue Buchregal, Modell Hemnes, Farbton weiß, an die Wand des Wohnzimmers gestellt hatte. Seitdem verging keine Woche, ohne dass Beth eine Bemerkung über die leeren Bretter machte, die sie so betrübten.

»Ein Bücherregal ohne Bücher, das ist so hässlich wie ein Mund ohne Zähne«, wiederholte sie dabei ständig. »Und es ergibt nicht mehr Sinn als ein Friedhof ohne Gräber«, fügte sie todernst hinzu. »Du weißt, wo die Bücher sind, Ambroise. Du hast die Schlüssel, du musst sie nur abholen.«

Natürlich wusste er, wo die Bücher waren. Und er hatte auch den Schlüsselbund behalten, den ihm seine Mutter gegeben hatte, als er vor vier Jahren aus dem Haus seiner Eltern ausgezogen war. Nur war es so, dass zwischen ihm und den Büchern sein Vater stand, Professor Henri Larnier.

Seit seine Mutter tot war, war Ambroise nicht mehr in der Villa auf den Hügeln der Stadt gewesen. Seine Mutter, die ihr Leben lang im Schatten dieses großen Mannes gestanden hatte, die stellvertretend in seinem goldenen Käfig gelebt hatte. Sie las ihm jeden noch so kleinen Wunsch von den Augen ab und hatte in dieser grenzenlosen Ergebenheit für ihren Mann am Ende eine gewisse Erfüllung gefunden. Wohin auch immer sie ging, zum Bäcker, in die Bibliothek, ins Theater, auf den Markt, zum Friseur, nie war sie anders als »Die-Frau-von-Professor-Henri-Larnier« genannt worden. Und als man diesem im Jahr 2005 für seine Forschungsarbeit über die Behandlung von postoperativen Komplikationen den Nobelpreis für Medizin verlieh, wurde Cécile Dumoulin, Larniers Gattin, von allen auf »Die-Frau-des-Nobelpreisträgers-Larnier« umgetauft.

»Sag es vor allem nicht Henri«, hatte sie ihm mit Angst in

der Stimme zugeflüstert, während sie den Schlüsselbund in die Hand ihres Sohnes legte.

Diese Geste war für seine Mutter ein regelrechter Akt des Widerstands, vielleicht der einzige in ihrem Leben als gehorsame Ehefrau. Es musste ihr kleines Geheimnis bleiben.

Doch Ambroise hatte die Schlüssel nie gebraucht. Einmal in der Woche, wenn er sicher sein konnte, dass der bedeutende Mann zur Arbeit gegangen war, schlich Ambroise sich wie ein Liebhaber, der seine Mätresse besucht, zum Haus seiner Eltern. Meist konnte er die nur angelehnte Tür einfach aufstoßen, um seine Mutter zu begrüßen, die ihn, frisiert und geschminkt, lange in den Arm nahm, bevor sie einen Schritt zurücktrat und ihn mit einem prüfenden Blick betrachtete, wie es alle Mütter tun, wenn sie ihr Kind nach langer Zeit wiedersehen.

In der folgenden Stunde saßen sie beieinander und sprachen bei einer Orangeade oder einem Glas Wein über Gott und die Welt, diskutierten und lachten. Den Vater erwähnte in jener Stunde keiner von beiden. Diese Stunde gehörte nur ihnen allein. Die Trennung ließ die Sehnsucht nach dem anderen steigen. Sie wollte alles wissen über sein Leben, seine Arbeit, seine Freunde und Liebschaften und was Beth die Woche über für ihn gekocht hatte. Und er fragte sie über ihre Gesundheit und ihren Alltag aus, erkundigte sich nach dem letzten Film, den sie gesehen, und dem letzten Buch, das sie gelesen hatte. In jenen sechzig Minuten wurde »Die-Frau-des-Nobelpreisträgers-Henri-Larnier« wieder zu einer ganz normalen Frau mit Bedürfnissen, Freuden und Sorgen. Jeder dieser heimlichen Besuche gab ihr neue Kraft.

Denn eines verschwieg sie ihrem Sohn: die Schmerzen, die sich seit einiger Zeit klammheimlich in ihren Eingeweiden eingenistet hatten. Vielleicht hatte sie keine Lust, ihre wertvolle gemeinsame Stunde zu verderben, indem sie ihm von dem dumpfen Schmerz erzählte, der links im Bauch eingesetzt hatte und nicht mehr nachließ. Auch ihrem Mann hatte sie nichts davon erzählt. Vielleicht hatte sie Angst, den bedeutenden Arzt zu stören, sicher auch Angst, unter diesem Dach die Worte auszusprechen, die tabu waren, seit Henri Larnier nach dem Weggang seines Sohnes verboten hatte, dass im Haus über Medizin gesprochen wurde. Sie hatte die Spuren des Krebses so lange versteckt, wie es ging, erklärte ihren Gewichtsverlust mit einer erfundenen Diät, und als die Anzeichen nicht mehr zu übersehen waren, war es zu spät. Das Ungeheuer hatte zwei Monate an ihr genagt und überall gestreut. Und sein Vater hatte nichts bemerkt. Er, der Nobelpreisträger in Medizin, der angesehene Chirurg, der seine Tage damit verbrachte, sowohl gut- als auch bösartige Tumore herauszuoperieren, hatte zu keinem Zeitpunkt wahrgenommen, dass etwas Abscheuliches seine Frau von innen zerfraß.

Am Tag der Beerdigung hatten sich Vater und Sohn am

Rand des Grabes gegenübergestanden, aufrecht, aber ganz betäubt, und den Graben zwischen ihnen betrachtet, der viel mehr als die sterblichen Überreste einer Mutter oder einer Ehefrau enthielt.

Der Gedanke, in das Haus zurückzukehren, war Ambroise darum unerträglich. Doch er musste es tun.

Er hatte es Beth versprochen.

Morgen würde er seine Bücher holen.

9

Da er seine Zeit zwischen den Schichten am Krebsforschungszentrum und dem Bereitschaftsdienst bei der Weltgesundheitsorganisation in Genf aufteilte, wo er jeden Montag hinfuhr, war sein Vater selten zu Hause.

Ambroise öffnete das Tor und parkte seinen Wagen gut sichtbar auf dem Kiesweg. Heute hatte er keine Lust, sich wie ein gemeiner Dieb in die Villa zu schleichen. Er war immerhin Ambroise Larnier, »Sohn-des-Nobelpreisträgers-Henri-Larnier«, und er war hier mal zu Hause gewesen.

Rechts neben der Eingangstür öffnete er die Klappe zur Alarmanlage und gab den Code ein, um sie abzustellen. 12102005. 12. Oktober 2005, das Datum der Nobelpreisvergabe an seinen Vater. Der Code war die ganzen Jahre über derselbe geblieben. Sieg des Hochmuts.

Ambroise ging durch das Wohnzimmer und öffnete die Terrassentür. Es roch nach frisch gemähtem Gras. Weiter hinten glitzerte das türkisblaue Wasser des Pools in der Sonne. Ein Pool, in dem keiner mehr schwamm. Soweit er zurückdenken konnte, hatte er seinen Vater nie in Badehose gesehen. »Ein Pool ohne Schwimmer ist wie ein Parkhaus ohne Autos, das ist deprimierend und erfüllt keinen Zweck«, hätte Beth gesagt.

Das Haus schien einen Großputz hinter sich zu haben. Klinisch rein und kalt waren die Adjektive, die Ambroise in den Sinn kamen, während er sich im Wohnzimmer umsah. Es fehlte die Wärme, die seine Mutter zu Lebzeiten hier verbreitet hatte. Ein Blumenstrauß auf der Anrichte, bewusst unordentlich verteilte Kissen, ein offenes Buch auf der Armlehne des Sofas, Zeitschriften auf dem Couchtisch, ein Räucherstäbchen, das langsam herunterbrannte, ein Korb mit frischem Obst, ein angefangenes Kreuzworträtsel, so viele Hinweise auf menschliches Leben waren verschwunden. An allen Wänden hingen Fotos seines Vaters. Sein Vater an der Seite eines Ministers, sein Vater, wie er einem Präsidenten die Hand schüttelte, sein Vater, der von Kollegen eine Auszeichnung überreicht bekam, sein Vater und sein Nobelpreis, sein Vater in weißem Kittel bei der Einweihung eines neuen Krebsforschungszentrums. Und überall, schön gerahmt oder auf die Regale gestellt, seine Diplome, Preise, lobende Artikel. Keine Spur von Ambroise oder seiner Mutter in diesem zu Ehren eines Wissenschaftlers errichteten Altars.

Ambroise blieb einen Moment im Eingang zur Küche stehen und lächelte traurig beim Anblick des runden Tisches, an dem sie sich so oft angeschrien, sich gegenseitig so viel ins Gesicht geschleudert hatten, an dem zwischen Vater und Sohn so viele Worte ungesagt geblieben und hinuntergeschluckt worden waren, während sie sich beim Essen vor ihrer hilflos zusehenden Mutter und Frau in der Luft zerfetzten.

Dass er sein Kind nach dem Wegbereiter der modernen Chirurgie, Ambroise Paré, benannt hatte, sagte viel über die Erwartungen des Vaters an seinen Sohn. Doch weder das Kind noch der Jugendliche oder später der junge Mann hatten dem Ehrgeiz des illustren Erzeugers standhalten können. Mit fünfzehn gab Ambroise zum Leidwesen des Vaters das Klavierspielen auf, um sich der Gitarre zuzuwenden, zudem der E-Gitarre, und tauschte Amadeus Mozart ohne Bedenken gegen sein Idol Angus Young. Mit achtzehn machte er sein Abitur mit einem Notendurchschnitt, der weit unter den von Henri Larnier erwarteten Spitzenzensuren lag. Und nachdem er sein erstes Studienjahr Medizin hatte wiederholen müssen, schob Ambroise den väterlichen Vorstellungen endgültig einen Riegel vor und schrieb sich an einer Schule für Krankenpfleger ein. Der Gnadenstoß folgte einige Zeit später, als er nach zwei Praktika im Krankenhaus seinen Eltern an einem Abend im Dezember verkündete, dass er das Leiden der Lebenden nicht länger ertragen könne, es aber für eine noble Tätigkeit halte, sich um die Körper der Verstorbenen zu kümmern.

»Einbalsamierer!«, hatte sein Vater verächtlich gebrüllt. Er war gänzlich außer sich, am Rande eines Herzinfarkts. Wie konnte Ambroise Larnier, sein Sohn, sich so erniedrigen, den zweitältesten Beruf der Welt nach dem der Prostituierten zu wählen? »Wenn dich die Toten interessieren, werde von mir aus einer von ihnen, aber du setzt nie wieder einen Fuß in dieses Haus!«, hatte der Nobelpreisträger geschrien.

Daraufhin hatte Ambroise wortlos seine Koffer gepackt, seine in Tränen aufgelöste Mutter umarmt und die Villa verlassen, ohne dem Mann noch einen Blick zu schenken, mit dem er nie etwas anderes als Streit und Enttäuschung erlebt hatte. Beth hatte ihn aufgenommen, ohne viele Fragen zu stellen, ihm das hintere Zimmer gegeben und ihm zum Trost einen *kouign-amann* gebacken.

Ambroise stieg die Treppe ins Obergeschoss der Villa hinauf und ging in sein altes Zimmer. Seit seinem Auszug hatte sich hier nichts verändert. Die gleichen Poster an den Wänden, die gleiche Anordnung der Möbel. Vier Jahre alte Haftnotizen klebten auf der Schreibtischunterlage. Ein Museum, dachte er. Mein Museum. Seine Mutter hatte es in diesem Zustand gelassen, in der geheimen Hoffnung, dass er eines Tages wieder in sein Elternhaus zurückkehren würde.

Die Wandregale ächzten unter der Last der Bücher. Darin befand sich seine ganze Comicsammlung. Troll von Troy, ›Reisende im Wind‹, ›Familie Fleischbauch‹, alle Bände von ›Tim und Struppi‹, die Reihe ›Le Chat‹, mehrere Comics von André Franquin. Weiter unten die Romane von Stephen King, J. K. Rowling, Tolkien, die er als Jugendlicher verschlungen hatte. In den Augen seines Vaters nur wertlose Schmöker.

Ambroise faltete seine großen Taschen auseinander und legte die Bücher vorsichtig hinein. Zweimal musste er zum Kofferraum seines Autos laufen, dann vergewisserte er sich, dass sein Besuch keine weiteren Spuren hinterlassen hatte, und ging zur Haustür.

Ein Gefängnis, dachte er, während er die Alarmanlage wieder aktivierte. Mein Vater lebt in einem Gefängnis.

10

Ghislaine de Montfaucon hatte die Kunst der Sauberkeit zur Religion erhoben, und ihre Unnachgiebigkeit in diesem Bereich entsprach ihrer Pedanterie. Es genügte den Ansprüchen der Dame in Bezug auf Hygiene bei Weitem nicht, wenn man die Schuhe abstreifte, bevor man ihr prachtvolles Haus im Herzen der Altstadt betrat: Auf dem Treppenabsatz erwartete den Besucher ein Korb mit Wegwerfüberziehern.

Wie jeden Tag zog Manelle sich darum zuerst ein Paar blaue Überschuhe an.

»Ich bin hier, Mademoiselle Flandin. Den Abwasch habe ich nun doch schon gemacht, wir haben Wichtigeres zu tun.«

Wie immer, dachte Manelle, während sie über das gewachste Parkett ins Esszimmer schlitterte. Die alte Dame wartete bereits ungeduldig vor einem Scrabble-Spiel auf sie, um die drei Tage zuvor begonnene Partie weiterzuspielen. Tatsächlich verlangte Ghislaine de Montfaucon nämlich von ihrer Seniorenhilfe nichts anderes, als eine Stunde lang ihr Spielpartner zu sein. Kollegen von Manelle hatten sich darüber beschwert. Sie nicht, Manelle zog eine Stunde Scrabble, Dame oder Mensch-ärgere-dich-nicht spielen einer Stunde Bügeln oder Putzen bei Weitem vor.

Die alte Dame war einmal mehr dabei, die Partie haushoch zu gewinnen, denn abgesehen von ihrer Pingeligkeit war Ghislaine de Montfaucon eine Meisterin im Schummeln. Sie hatte ein außergewöhnliches Talent dafür entwickelt, Wörter zu legen, deren Bedeutung sie selbst erfand und die in ihren Augen, und nur in ihren Augen, schließlich real wurde. Dieser Vorgang der Selbstüberzeugung verblüffte Manelle jedes Mal aufs Neue.

Ein GRIYAK? Schauen wir einmal, ja, der Griyak ist ein Urzeitbär mit drahtigem Fell, der in der Eiszeit im Norden des amerikanischen Kontinents lebte. TORQAD? Torqad ist ein Gericht aus Mais und Ziegenfleisch von der tibetischen Hochebene. Angeblich sehr schmackhaft. Es kam vor, dass manche Wörter weitere ins Leben riefen. HEXUFIEREN: mithilfe eines Hexufs, einem Werkzeug in Form eines Spatels, Silber polieren. Vor solch frei erfundenen Wortschöpfungen schloss Manelle schon seit Langem die Augen. So wie sie es nicht mehr kommentierte, wenn bestimmte Buchstaben von ihrem Steg verschwanden – oft waren es Vokale, die durch Konsonanten ersetzt wurden –, oder dass zugunsten der alten Frau neue Felder mit doppeltem Wortwert auftauchten, sobald es an das Auszählen der Punkte ging.

Auch heute konnte Ghislaine de Montfaucon es sich nicht verkneifen. Manelle hatte kaum Platz genommen, da legte sie bereits ein neues Wort aufs Spielfeld:

»MALITH. Doppelter Wortwert, das macht zweiundzwanzig Punkte«, jubelte sie. »Sie sind dran, Mademoiselle.«

Manelle unterließ es, die alte Dame darauf hinzuweisen, dass, wenn ihre Erinnerung sie nicht trog, sie selbst an der Reihe gewesen wäre, so wie sie es unterließ anzumerken, dass MALITH mit doppeltem Wortwert zwanzig Punkte ergab und nicht zweiundzwanzig. Was die Bedeutung des Wortes selbst betraf, so hatte sie nicht einmal das Vergnügen, die Schöpferin danach zu fragen, denn Ghislaine de Montfaucon, Witwe und für ihre zweiundneunzig Jahre noch ziemlich gut beieinander, lieferte sie ungefragt mit: Ein Malith sei ein extrem harter Stein, den man an Vulkanabhängen finden könne.

Manelle lächelte, als ihr Blick auf ihren Steg fiel. Die Buchstaben A und L, die ihr am Vortag die Möglichkeit geboten hatten, das Wort SPATEL zu bilden, hatten sich über Nacht wundersamerweise in ein G und ein H verwandelt. Mithilfe des A aus MALITH begnügte sie sich deshalb damit, das Wort TAG zu legen, und zog anschließend zwei

Steine aus dem Stoffsäckchen. Steine, die einmal im Monat gründlich geschrubbt und abgetrocknet wurden, denn in puncto Sauberkeit beliebte Ghislaine de Montfaucon nicht zu scherzen.

11

Die Leichenhalle befand sich im zweiten Untergeschoss des Krankenhauses. Ambroise trat in den geräumigen Aufzug und drückte auf den Knopf. Unter den Chlorgeruch der Wände mischte sich schleichend das strenge Aroma der sterblichen Überreste, ein Gestank, der immer stärker wurde, je weiter er nach unten fuhr. Er war so schwer, dass er an der Haut, in der Kleidung, in den Haaren hängen blieb und sich, wie er aus Erfahrung wusste, zuerst in seiner Nase und dann hinter seiner Stirn festsetzen und ihn auch noch lange nachdem er an die frische Luft zurückgekehrt war, verfolgen würde. Ein abscheulicher Geruch. Die schönste Beschreibung, die Ambroise jemals für diese Ausdünstungen gehört hatte, hatte ein alter Sargträger geliefert: ein Geruch zum Wegschauen.

»Ah, wen haben wir denn da? Monsieur Ambroise höchstpersönlich!«

Der junge Leichenpräparator freute sich jedes Mal, die zwei Pathologieassistenten Boubacar und Abelardo zu treffen. Der eine war so schwarz und kräftig, wie der andere blass und schmächtig war. »Milchbrüder«, scherzte Boubacar oft unter dem blasierten Blick seines Kollegen. Wenn sie nach ihrem Beruf gefragt wurden, antworteten sie stets »Leichen-Freitaucher«, was ihr Gegenüber zum Grübeln brachte. Mit der Technik des Tauchens kannten sich die beiden Burschen aus, denn das Öffnen mancher Gehäuse verlangte von ihnen, für längere Zeit die Luft anzuhalten, genauso wie beim Freitauchen.

Das Untergeschoss war ihr zweites Zuhause. Man ging nicht in die Leichenhalle des Krankenhauses, man besuchte Bouba und Abel. Stets mit einem grünen Kittel bekleidet – kein Chirurgengrün, sondern Gärtnergrün, wie der Senegalese todernst zu betonen pflegte –, verließen sie ihren Bau nur, um die Leichen in den oberen Etagen abzuholen. Unten schoben sie diese in die Kühlzellen, holten sie bei Bedarf hervor, begrüßten die Leichenbestatter, bereiteten den Andachtsraum vor, empfingen die Familien. Die Rechtsmediziner, die Mitarbeiter der Bestattungsunternehmen, die Einbalsamierer und die Angehörigen, alle mussten an Boubacar und Abelardo vorbei, um zu den Leichen zu gelangen. Sie waren die Tempelwächter und das lebende Gedächtnis der Leichenhalle.

Im Raum mit den Langzeitgästen, der der Pathologie vorbehalten war, kannten die zwei Kumpane jeden Bewohner der achtzehn Kühlzellen. Madame Mangin aus der Neun war gestern zur Beisetzung abgeholt worden. Monsieur Dompart aus der Zwölf musste morgen noch einmal zum Rechtsmediziner.

Das kleine Büro, in dem sie einen Großteil ihrer Zeit verbrachten, war eine bunte belebte Insel. Die Wände waren tapeziert mit Postkarten vom türkisfarbenen Meer, mit Berglandschaften, Fotos von lachenden Frauen und Kindern, Hochzeiten, feiernden Menschen. Bilder vom Leben da oben, das weit weg von der Welt hier unten und den Gerüchen zum Wegschauen stattfand. Hier standen immer unzählige Blumensträuße. Nelken, Rosen und Tulpen in allen Farben und Gesteckformen, die von den Familien nicht mehr abgeholt worden waren. Die schönsten davon endeten hier. Dieser Raum war ihr rettendes Floß, ein Floß voller Leben, das sich inmitten eines stillen, öligen Sees über Wasser hielt.

Bouba war aufgestanden und riss Ambroise in seine Arme.

»Wie geht es dir, kleiner weißer Zauberer? Weckst du immer noch die Toten auf?«

»Ja, das kann ich einfach am besten«, antwortete Ambroise, während er sich aus der Umklammerung des korpulenten Senegalesen befreite, um Abel zu begrüßen.

»Isst du einen Happen mit uns? Du hast Zeit, bei deinem Job geht's heute nur um eine Reinigung, und die Angehörigen kommen nicht vor drei Uhr.«

»Danke, aber ich habe schon gegessen.«

Die zwei Pathologieassistenten aßen den ganzen Tag über. Egal zu welcher Uhrzeit, auf dem Tisch in der Mitte der Kammer, die ihnen als Büro diente, stand immer etwas zu essen. Heute waren es hausgemachte Pasteten und frittierter Maniok. Ambroise fragte sich, wie man an einem solchen Ort überhaupt etwas essen konnte. »Du kannst es glauben oder nicht, aber man hält den Geruch mit vollem Magen leichter aus«, hatte ihm Bouba einmal erklärt.

Ambroise nahm dankend das Glas Wein an, das ihm Abel reichte, ein Penedès, den sein spanischer Cousin produzierte.

»He, kennst du den mit dem Rechtsmediziner, der von einem Journalisten interviewt wird?«, rief Bouba. »Der Reporter fragt ihn: Doktor, wie viele Autopsien haben Sie an Leichen durchgeführt? Und der andere antwortet: Alle Autopsien habe ich an Leichen durchgeführt.«

Ambroise lächelte. Er mochte Boubas meist zynische Witze. Es bestand ein merkwürdiger Kontrast zwischen der Überschwänglichkeit der beiden und dem Beruf, den sie ausübten, als ob die Tatsache, dass sie ständig mit Toten zu tun hatten, ihre Neigung verstärkte, das Leben zu lieben.

»Ich habe deinen Kunden in Raum drei gelegt. Hier hast du die Tasche mit den Klamotten«, fuhr Bouba fort und hielt ihm den Kleidersack mit dem Anzug hin. »Nach den Tretern musst du nicht suchen, es sind keine dabei. Das Gebiss liegt auf dem Rollwagen.«

Ambroise ging durch den Flur zum Behandlungsraum. Der Verstorbene, ein zweiundsiebzigjähriger Asiate, war bereits entkleidet worden. An den Handgelenken waren die Einstichstellen für die Infusionen zu sehen, und am Hals erkannte Ambroise die Spuren einer Tracheotomie. Der Körper war erstaunlich mager. Der Krebs hatte die Angewohnheit, seinen Wirt auszusaugen, die Gesichter auszutrocknen, am Fett und schließlich an den Muskeln zu nagen, um dem Sensenmann am Ende nur noch ein mit Medikamenten gefülltes Skelett übrig zu lassen. Das Biest hat ihn von innen aufgefressen, dachte Ambroise. Auf dem leicht überdehnten Abdomen war deutlich ein grüner Fleck zu sehen, ein Zeichen dafür, dass die Bakterien bereits am Werk waren und dabei, sich im ganzen Körper zu verteilen.

Nachdem er die Identität des Verstorbenen überprüft hatte, zog Ambroise seine Schutzkleidung an und begann seine Behandlung damit, den Körper zu reinigen.

Eine knappe Stunde später, bekleidet mit einem schönen anthrazitfarbenen Anzug und mit Krawatte, sah der abgemagerte Leichnam, den er bei seinem Eintreffen vorgefunden hatte, wieder menschlich aus. Ambroise zog ihm das Laken bis zur Brust hoch. Da er nicht wusste, welcher

Religion der Verstorbene angehörte, legte er die Hände lediglich über den Stoff, ohne sie zu falten.

Zufrieden räumte er seine Utensilien zusammen und ging zurück zu den Assistenten, um sich zu verabschieden und ihnen zu sagen, dass sie den Leichnam in den Präsentationsraum bringen konnten.

Er fand nur Bouba, der den ›*Canard enchaîné*‹ las und nebenher ein Stück Kuchen aß.

»Ich bin fertig. Grüß Abel von mir.«

»Komm wieder, wann immer du willst, du bist hier immer willkommen, weißer Zauberer! Und vergiss nie: Nur tote Fische schwimmen mit dem Strom!«

Boubacars unbeschwertes Lachen hallte von den Wänden wider und begleitete Ambroise bis in den Aufzug.

12

Wie jeden 18. September seit vier Jahren hatte Ambroise einen Termin mit Isabelle De Morbieux.

Die Rosenresidenz lag an einem bewaldeten Hang im Norden der Stadt. Nachdem er einige Zeit der gewundenen Straße gefolgt war, lenkte er seinen Wagen auf den baumgesäumten Zufahrtsweg. Das prächtige Gebäude lag zwischen sorgfältig gemähten Wiesen in der Nachmittagssonne. Hier und dort verdunkelte der Schatten der Eichen eine helle Marmorbank.

Der Ausdruck »Altersheim« kam hier keinem über die Lippen. Er gehörte zu den geächteten Wörtern, da er die Bewohner daran erinnern könnte, dass sie alte Menschen am Ende ihres Lebens waren. An einem solchen Ort hieß auch eine Matratze gegen wund gelegene Stellen Komfortaccessoire. Das Hospiz hinter der Eleganz und dem Glanz einer Luxusbleibe zu verbergen war das oberste Ziel der Rosenresidenz. Alles hier war darauf angelegt, die Illusion einer friedlichen Zukunft in einer zauberhaften Umgebung zu vermitteln, mit sowohl eifrigem als auch kompetentem Personal und als einziger Lärmquelle dem Zwitschern der zahlreichen Vögel, die in den Bäumen im Park nisteten.

Eine gelungene Täuschung, dachte Ambroise, als er in die Eingangshalle trat. In den meisten Gesichtern der Bewohner, denen er begegnete, meinte er die gleiche müde Resignation ausmachen zu können. Trotz ihrer dicken Brieftasche, trotz all der Bemühungen und Mittel, die aufgebracht wurden, um das Ende hinauszuzögern, gab es keinen Zweifel, dass das Alter hier genauso zuschlug wie überall. Unter den hohen Decken und frischen, sauberen Laken, zwischen dem Kommen und Gehen der Krankenschwestern und Pfleger, unter dem sanften Brummen der Klimaanlage im Sommer und der warmen Heizungsluft im Winter würden sie langsam in sich zusammensinken, während sich ihre Sinne in den flauschigen Teppichen verloren.

Ambroise ignorierte den Aufzug und sprang federnd die Stufen der breiten Treppe zu den oberen Stockwerken hoch. Die Zimmer im zweiten Stock trugen blumige Namen. Iris, Gladiole, Margerite, Narzisse, Edelweiß, Hibiskus. Ambroise fragte sich jedes Mal mit einem Grinsen, ob es im Haus wohl auch Räume gab, die den Namen Stiefmütterchen, Teufelskralle oder Fetthenne trugen.

Die Orchidee befand sich am Ende des breiten Flurs. Er

klopfte zweimal kurz. Eine klare Stimme bat ihn einzutreten.

Die Residenz beherbergte neben ein paar Hundertjährigen mehrheitlich Neunzigjährige. Isabelle De Morbieux war eine von ihnen. Ambroise erinnerte sich, wie er vor vier Jahren zum ersten Mal durch diese Tür getreten war.

»Keine Ausrüstung notwendig«, hatte Roland Bourdin erklärt, »Kundin lebt. Eine Himmelfahrt plus«, hatte er in respektvollem Ton hinzugefügt. »Sie hat darum gebeten, Sie zu treffen, enttäuschen Sie sie also nicht. Verträge wie diesen bekommen wir nicht jeden Tag, wie Sie wissen.«

Die Himmelfahrt plus, die einzige Bezeichnung, für die Roland Bourdin einen Artikel und mehr Adjektive als notwendig verwendete. Dieser Rolls-Royce unter den Verträgen war das ideale Angebot für Menschen wie Isabelle De Morbieux, die es vorzogen, bereits zu Lebzeiten alles zu klären, damit kein anderer sich um ihre letzte Reise würde kümmern müssen. Ein erstklassiges und fix und fertig geschnürtes Post-mortem-Paket, mit einem Bestattungsservice, das den exorbitanten Preis wert war. Edelhölzer für den Sarg, eine Seidenausstattung aus Capiton, Musik und gregorianische Gesänge während der Aufbahrung im Sterbezimmer, die Gestaltung der Einladung und Druck von dreihundert Exemplaren auf 200-Gramm-Seidenmatt-Papier, ein voluminöser Frischblumenkranz, eine mit Feingold gravierte Grabplakette, Leihgabe von zwei fein ziselierten Messkelchen mit den passenden Kerzen, aufsteigende Tauben beim Verlassen des Friedhofs, ein ledergebundenes Buch aus Velinpapier für Beileidsbekundungen und, als Krönung, eine Komplettbehandlung zur Körperkonservierung durch einen erfahrenen Fachmann.

Also hatte Isabelle De Morbieux darum gebeten, den Thanatopraktiker zu treffen, der damit betraut werden würde.

Ambroise hatte einen wachen Geist in einem erschöpften Körper vorgefunden. Mit über neunzig hatte die alte Dame ihre aristokratische Haltung inzwischen verloren und bewegte sich, wenn sie in den Park wollte, nur noch mit Hilfe eines Rollators oder eines Rollstuhls vorwärts, doch ihre Miene wirkte noch erstaunlich frisch. Der Schleier, den die Zeit alten Menschen nur allzu oft über die Augen legt, hatte den Glanz in ihren nicht trüben können. Aber das Erstaunlichste war ihre Stimme, die auffallend klar war und die man mit diesem gebrechlichen Körper kaum in Verbindung bringen mochte.

Sie hatte ihre Überraschung über sein jugendliches Alter nicht verborgen und ihm gestanden, dass sie eher einen dieser alten Professoren in Cordhosen erwartet habe als einen Jungen, der aussehe wie ein Medizinstudent und der nichts von dem erfahrenen Fachmann an sich habe, von dem in ihrem Vertrag die Rede sei. Er hatte sie in Bezug auf seine Kompetenzen beruhigt und ihr erklärt, dass, wenn »Bourdin & Söhne« ihn und keinen anderen mit dieser Aufgabe betraut hatten, dies vor allem wegen seiner erwiesenen Fähigkeiten geschehen sei, wobei er es unterließ zu erwähnen, dass er auch und vor allem der Einzige war, der zum Zeitpunkt ihres Anrufs zur Verfügung gestanden hatte.

Isabelle De Morbieux hatte seine Fähigkeit, sich zum gegebenem Zeitpunkt ordentlich um ihre sterblichen Überreste zu kümmern, dennoch in Zweifel gezogen. Mit dem offensichtlichen Ziel, seine Eignung zu überprüfen, hatte sie ihn mit Fragen gelöchert. Leicht verärgert hatte Ambroise schließlich mit dem berühmten Satz geantwortet, den Meister Thanatos von seinem Podest herab für gewöhnlich an seine Schüler richtete: »Kein Kunde hat sich zu seinen Lebzeiten je über mich beschwert.« Entgegen aller Erwartung hatte die alte Frau laut gelacht.

Seitdem war das Eis gebrochen und sie hegten freundschaftlichen Umgang miteinander. Isabelle De Morbieux erwartete nicht weniger von ihm, als dass er sie behandelte wie ein Künstler sein Modell.

»Ich will, dass Sie meine Falten kennenlernen, solange ich noch am Leben bin«, hatte sie ihm erklärt. »Dass Sie sich mein Gesicht jetzt einprägen, um mich später bestmöglich wiederherzustellen.«

Sie hatte ihm gezeigt, welche Schminkprodukte sie benutzte und wie sie sich frisierte. Dann hatte sie ihm von ihrer Jugend erzählt, von ihrem Dasein als Frau, bevor der

Herbst ihres Lebens ihr Fleisch und ihre Sinne welken ließ. Von ihrem zu früh verstorbenen Mann, ihrer Tochter, die sie jeden Sonntag zum Essen in die Stadt mitnahm, ihren Enkeln und Urenkeln, deren bunte Zeichnungen eine ganze Wand in ihrem Zimmer bedeckten. Eineinhalb Stunden später – die Zeit einer Behandlung, hatte Ambroise gedacht – hatte sie den jungen Mann entlassen, nicht ohne ihm das Versprechen abzunehmen, im Jahr darauf wiederzukommen, am selben Tag und zur selben Zeit, und natürlich gegen Bezahlung: Die alte Frau wollte einen Termin mit ihrem Einbalsamierer, wie sie es mit ihrem Kardiologen, ihrem Augenarzt, ihrer Kosmetikerin und ihrem Zahnarzt tat. »Zur Kontrolluntersuchung«, hatte sie scherzhaft hinzugefügt.

So betrat Ambroise wie an jedem Geburtstag der alten Dame um Punkt fünfzehn Uhr das Orchideenzimmer.

Isabelle De Morbieux erwartete ihn, tief in einen Sessel gesunken, mit einer dicken Bibel auf ihren mageren Schenkeln.

»Ich habe nie einen Roman gelesen, der besser gewesen wäre«, erklärte sie und schlug das Buch zu. »Eine dichte Handlung, Spannung, Fantastik, böse Figuren, gute Figuren, da ist alles drin.«

Ambroise lächelte. Diese Frau war wie ein alter Mirabellenbaum, der trotz seiner rissigen und spröden Rinde weiterhin jedes Frühjahr erblühte, um im Sommer darauf die saftigsten Früchte abzuwerfen. Sie erkundigte sich nach seiner Gesundheit. Er fragte sie im Gegenzug nach den letzten zwölf Monaten.

»Wie ein langer Winter am Kamin«, antwortete sie.

Sie erwähnten beide kaum noch den ursprünglichen Grund seiner Besuche. Die alte Frau beschränkte sich darauf, Ambroise eine neue Falte zu zeigen, ihn auf den jüngsten Altersfleck hinzuweisen, der rechts auf ihrer Stirn aufgetaucht war, besprach mit ihm, dass er an dieser Stelle ein wenig mehr Grundierung würde auftragen müssen, um ihn zu überdecken. Oft hörte Ambroise nur zu und ließ sie erzählen.

»Langeweile kann schmerzhaft sein, wissen Sie. Sie kommt schleichend, bevor sie Tag und Nacht bestimmt wie ein dumpfer Schmerz, der nicht mehr weichen will. Manchmal treibt sie einem die Tränen in die Augen, dann ebbt sie wieder ab, sie kommt und geht, aber am Ende muss man damit leben, denn mit vierundneunzig ist die Langeweile nicht die gleiche wie mit zwanzig. Sie hat genug Platz, sich auszubreiten, schleicht sich in unsere Erinnerungen und Versäumnisse, füllt die Leere. Man ertrinkt langsam bis zum letzten Atemzug. Aber zu wissen, dass ich mich, wenn der Zeitpunkt gekommen ist, in gute Hände begebe, lässt den Tod weniger schrecklich erscheinen. Nun, genug von mir, trinken wir lieber auf Ihre Jugend und Ihre Zukunft, junger Mann«, schloss die alte Frau und deutete mit dem Kinn auf den kleinen Kühlschrank, der in einer Ecke des Zimmers pausenlos brummte.

Jedes Jahr vollzogen sie das gleiche Ritual, mit einer Flasche Clairette de Die und einem Teller *macarons*. Sie stießen Sektglas an Sektglas und knabberten schweigend das knackig-klebrige Baisergebäck. Lebhaftes Zwitschern drang durch das geöffnete Fenster.

Beim Abschied hielt Isabelle De Morbieux Ambroise' Hand ein wenig länger als sonst in ihren knochigen Fingern.

»Ich bin sehr glücklich, dass Sie es sein werden, Ambroise.«

»Was werde ich?«, fragte er neugierig.

»Sie werden der letzte Mann sein, der mich nackt sehen und sich meinem Körper widmen wird.«

In ihren Worten lag nichts Anstößiges. Sie waren lediglich Ausdruck ehrlicher Erleichterung.

13

»Aufstehen, ihr Turteltauben«, rief Manelle fröhlich, während sie die schweren Vorhänge zurückzog, um einen Streifen Licht hereinzulassen.

Das war ihre gewohnte Anrede für das Ehepaar Fournier. Denn Hélène und Aimé Fournier waren noch ebenso verliebt wie am ersten Tag ihrer Ehe. Und auch wenn sie seit mehr als einem Jahr in getrennten Betten schliefen, hatten sie trotzdem darauf bestanden, Seite an Seite im gleichen Raum zu bleiben. Ein Pflegebett mit Haltegriffen für Madame, ein gewöhnliches Einzelbett für Monsieur.

Manelle wartete, bis die alte Frau sich mithilfe des Trapezgriffes aufgerichtet hatte, bevor sie ihr ein Kissen in den Rücken schob.

»Soll ich Ihnen Ihre Gehhilfe bringen?«, fragte Manelle, auch wenn sie die Antwort bereits kannte.

»Meine Gehhilfe ist er«, entgegnete Hélène Fournier

und lächelte dabei zärtlich den Mann ihres Lebens an, der auch schon, wie jeden Morgen, um das Bett ging, um ihr seinen Arm als Stütze anzubieten.

Manelle machte sich daran, das Frühstück vorzubereiten. Der Duft nach Kaffee und getoastetem Brot erfüllte bald die ganze Küche. Sie mochte es, den Tag bei diesem liebenswerten Paar zu beginnen. Hélène Fournier war eine eingefleischte Optimistin. »Wir haben vor achtundfünfzig Jahren für die guten und die schlechten Zeiten unterschrieben, und auch wenn es scheinen mag, dass nur noch schlechte Zeiten kommen, kann man doch immer noch etwas Gutes darin finden«, sagte sie mit Vorliebe. »Man muss nur genau hinschauen.«

Das Paar hielt sich auf den Beinen, indem es sich aneinanderklammerte. Sie war sein Kopf, er war ihre Beine, ein wackliges Tandem, das so gut es ging durch den Tag fuhr. Hélène sprach für sie beide, las, schaute fern, kochte einfache Gerichte, kümmerte sich um den Papierkram und die Finanzen, so viele Dinge, die sie trotz ihrer eingeschränkten Mobilität noch erledigen konnte. Aimé dagegen döste meist vor sich hin, obwohl seine Frau sich bemühte, ihn so lange wie möglich wach zu halten, indem sie ihn den Tag über mit kleinen Aufgaben auf Trab hielt. Kartoffeln aus dem Vorratsraum holen. Das Scheckheft in die Schreibtischschublade legen. Ihr einen Kamm aus dem Bad holen. Ihr dabei helfen, auf die Toilette zu gehen. Ihr einen Kuss geben. »Es ist zu seinem Besten«, versicherte sie Manelle. »Sein Körper funktioniert noch, nur sein Kopf ist abgenutzt. Wenn ich es zuließe, würde er die ganze Zeit vor sich hin dämmern, und am Ende würde er gar nicht mehr aufwachen«, fügte sie mit ernster Miene hinzu.

Manelle stellte zwei Pillendöschen vor Hélène, die mit einem Schubs mit dem Daumen jeweils das Fach für Donnerstag aufklappte.

»Die Pillendose ist der Kalender der alten Leute«, bemerkte die alte Frau, während sie die fünf Tabletten vor ihrem Aimé auf dem Tischtuch aufreihte und sie nachzählte: »Blau für den Blutdruck, Violett für den Cholesterinspiegel, Grün für den Kreislauf, Rot für das Herz und Gelb für die Blase. Es fehlen nur noch Orange und Indigo, und du hast alle Farben des Regenbogens, mein armer Schatz«, stellte sie traurig fest.

Sie selbst nahm zusammen mit einer randvollen Tasse Milchkaffee drei Tabletten ein. Sie schmierte Johannisbeermarmelade auf das erste Stück Brot und schob es ihrem Mann hin.

Die ersten zehn Minuten, während sie frühstückten, nutzte Manelle, um die Betten zu machen und das Schlafzimmer zu lüften. Zehn Minuten, in denen aus der Küche das Schlürfen und Schlabbern der Fourniers drang, die hingebungsvoll ihre mit zinnoberrotem Gelee bestrichenen Brote aßen.

Bevor sie ins Badezimmer ging, wählte Hélène sorgsam die Kleider für den Tag aus. Für sich und für Aimé. Ein Ritual, dem sich Manelle mit der Begeisterung eines kleinen Mädchens anschloss, das seine Puppen anzieht. Die alte Frau war auch und vor allem deshalb ein wenig eitel, um sich nicht gehen zu lassen. Sich gehen zu lassen war der Feind. »Wenn man nicht aufpasst, passiert das ganz schnell«, hatte sie Manelle eines Morgens gestanden. »Zuerst geht man nicht mehr zum Friseur, dann schminkt man sich nicht mehr, lässt die Fingernägel wachsen, enthaart sich nicht mehr, und am Ende ist man gänzlich verwahrlost.« Hélène Fournier hatte mitangesehen, wie Freunde eines Tages losgelassen und sich Schritt für Schritt vernachlässigt hatten um dann sang- und klanglos unterzugehen.

Während Aimé ins Wohnzimmer trottete, um sich für das erste Nickerchen des Tages in einen Sessel sinken zu lassen, öffnete Manelle weit die Türen des Kleiderschranks, vor dem Hélène mit konzentrierter Miene stand. Rechts hingen und lagen die Kleidungsstücke der alten Dame, links die ihres Mannes. Seite an Seite, wie ihre Betten.

»Legen Sie mir die blaue Bluse raus, die mit den Blumen, es wird heute schön. Dazu die beige Hose.«

»Soll ich Ihnen auch das blassblaue Halstuch geben?«, schlug Manelle vor.

»Nein, das wäre mit der Bluse zusammen zu sehr Ton-in-Ton. Nehmen Sie lieber das orangefarbene. Und für Aimé bitte die Jeans. Ich weiß, dass er sie nicht mag, aber er sieht darin jünger aus. Mit dem weißen Hemd ist es perfekt. Und legen Sie ihm auch die hellgraue Strickjacke dazu, er friert doch immer.«

Sobald alles bereitlag, schickte Hélène Manelle los, um Aimé ins Bad zu bringen. Es erwartete sie eine geräumige ebenerdige Dusche, die für viel Geld eingebaut worden war, als die Beine der alten Frau an Kraft verloren hatten. Die Fourniers duschten gemeinsam, sie auf einem Klappstuhl sitzend, er aufrecht neben ihr. Sie seiften sich gegenseitig ein, wuschen einander die Haare, rubbelten mit dem Waschlappen die Haut des anderen ab, von der sie jeden Zentimeter kannten, übergossen sich mit Wasser und lachten manchmal dabei und frottierten sich dann gegenseitig trocken.

Sobald Monsieur fertig war, trat Manelle ins Bad, um Madame beim Ankleiden zu helfen. Obwohl sie geübt war, stellte das Anziehen der Stützstrümpfe immer eine große Herausforderung für die junge Seniorenhilfe dar. Aber mit vereinten Kräften und einer Prise Humor schafften sie es stets gut gelaunt.

Zehn Minuten später trat Hélène Fournier, gekleidet und geschminkt wie für ihren ersten Tanz, am Arm von Manelle heraus, bereit, den Tag anzugehen.

Aus dem Wohnzimmer drang das laute Schnarchen Aimés, der eine Zeit lang in die Tiefen seines erschöpften

Geistes gesunken war, bevor seine geliebte Frau ihn ins Leben zurückholte, damit er ihr einen Liter Milch aus dem Vorratskeller oder die Fernsehzeitschrift mit dem Kreuzworträtsel holte.

14

Ambroise schrak zurück, als er das rote Fellknäuel auf den Beinen des Verstorbenen erblickte, das ihm einen zornigen Blick zuwarf.

Der einäugige Kater krallte sich beharrlich am Schlafanzug des Toten fest, als man versuchte, ihn von seinem Platz zu vertreiben. Sie mussten einen Besen zu Hilfe nehmen und laut in die Hände klatschen, bevor das Biest sich bequemte aufzustehen. Fauchend und murrend lief er in die Küche und sprang durch das halb offene Fenster in den Garten. Von den anwesenden Familienmitgliedern wollte niemand den über sechzehn Jahre alten räudigen Kater zu sich nehmen. Wie so oft war das Schicksal des Tieres mit dem Tod seines Herrn ebenfalls besiegelt. Es war bereits ein Termin beim Tierarzt vereinbart, um ihn am Tag nach der Beerdigung einschläfern zu lassen.

Ambroise zog seinen Schutzanzug an und begann mit

der Behandlung. Er brauchte nur eine gute Stunde. Nach einem letzten Bürstenstrich durch die ausgedünnten Haare sammelte er seine Utensilien ein, legte Handschuhe, Maske und Schutzanzug ab, lud alles in seinen Wagen und verabschiedete sich.

Am Abend sollte seine Truppe spielen. Zeit genug, um zu duschen und einen Happen zu essen, bevor er sich auf den Weg zu dem Dorf machen würde, in dem die Vorstellung stattfinden sollte. Er durfte nicht vergessen, die Abschminklotion in der Kosmetiktasche aufzufüllen. Das waren seine Überlegungen, als er den Wagen an einer roten Ampel abbremste und plötzlich etwas zwischen seinen Füßen hochsprang.

Das heisere Miauen des Katers wurde von Ambroise' Schrei überdeckt, als das Tier beschloss, dessen rechtes Bein hochzuklettern, und dabei seine Krallen durch den Stoff in die Wade stieß. Ambroise packte den Kater kurzerhand am Nackenfell, riss ihn los und setzte ihn mit Schwung auf den Fußteppich vor dem Beifahrersitz.

Zusammengekauert und mit angelegten Ohren starrte der Kater ihn aus seinem gesunden Auge an. Zahlreiche Narben durchzogen sein rotes Fell. Eine alte Schnittwunde verlief vom linken Ohr bis zu seiner Schnauze und zeichnete ein hämisches Grinsen in sein Gesicht. Durch den auf ein Drittel gekürzten Schwanz wirkte der magere Körper unausgewogen. Das stumpfe und fusselige Fell lud nicht gerade zum Streicheln ein.

Ein alter Kämpfer, der in seinem Viertel keinem Streit aus dem Weg gegangen war, urteilte Ambroise. Er wusste nicht, was er tun sollte. Ihn zurückbringen? Der Kater hatte nicht so viele Kämpfe überstanden, um in den Händen eines Weißkittels zu enden, der ihm ein Einwegticket zu seinem Herrn in die Adern spritzte. Ihn feige zurücklassen, indem er ihn aus dem Wagen warf und dem Schicksal überließ? Das würde er sich nie verzeihen …

Ein Hupen hinter ihm riss Ambroise aus seinen Gedanken. Er fuhr den Wagen an die Seite und griff, ohne wirklich über die Folgen seines Handelns nachzudenken, nach einem seiner Arztkoffer und leerte den Inhalt auf die Rückbank, zog mehrere Handschuhe übereinander, wappnete sich innerlich und griff nach der Katze, steckte sie in den Koffer und verschloss schnell die Lederlaschen. Dann fuhr er weiter, ohne auf die heiseren, wütenden Laute zu achten, die aus dem Innern drangen.

Beim nächstbesten Supermarkt machte er Halt. Lange stand Ambroise vor den Regalen mit Katzenfutter, ohne sich entscheiden zu können. Auf fünf mal zwei Metern erstreckten sich unendlich viele Dosen und Schachteln. Mit Huhn, Rind, Gemüse, Fisch, in Stückchen, als Pastete. Er wählte schließlich Trockenfutter. Die Katzen auf den Packungen waren eine schöner als die andere. Mit Fell, in das man seine Hände vergraben wollte. Rassekatzen mit feinen Schnäuzchen, plüschige Turnierstars, die wenig mit dem Exemplar gemein hatten, das er sich aufgehalst hatte. Für jeden Katzentypus eine Schachtel. Sterilisiert, junge Kätzchen, rundlich, Wohnungskatze. Nichts für einäugige und räudige Kater. Er griff nach dem Trockenfutter für betagte Katzen. Dann warf Ambroise einen Behälter für Katzenstreu in den Einkaufswagen, legte zwei Packungen absorbierendes Streu mit Fichtenduft hinzu und ging zur Kasse.

Zwanzig Minuten später öffnete er die Wohnungstür und befreite den Kater aus seinem luxuriösen Käfig. Wie Ambroise es befürchtet hatte, war Beths Reaktion auf das Tier ein vernichtendes Urteil, das keinen Widerspruch zuließ und zudem im ganzen Haus zu hören sein musste:

»Keine Katze unter meinem Dach!«

»Aber du hast gesagt, dass du keine Hunde magst«, entgegnete ihr Enkel.

»Das eine schließt das andere nicht aus, Ambroise Larnier.«

Wenn Beth ihn mit Vor- und Nachnamen ansprach, verhieß das nicht Gutes.

»Und hast du dieses böse Auge gesehen? Und das heimtückische Grinsen?«

»Du siehst ja wohl, dass das eine Narbe ist.«

»Vielleicht, aber er sieht trotzdem fies aus.«

»Warst du es nicht, Oma, die mich vor der Missdeutung gemeiner Gesichter gewarnt hat?«

»Du musst zugeben, dass dein Katzenvieh nicht gerade

zum Streicheln einlädt. Und nenn mich nicht Oma! Du weißt, das kann ich nicht leiden.«

»Nur ein paar Tage, bitte! Bis ich eine andere Lösung gefunden habe.«

»Ich weiß wirklich nicht, welche Lösung du bei seinem Aussehen für ihn finden wirst. Das Fell, hast du dieses Fell gesehen?! Ich habe noch nie so eine Katze gesehen.«

Der Kater, den die Diskussion, die ihn doch im hohen Maße betraf, nichts anzugehen schien, fraß sorgfältig den Teller mit Trockenfutter leer, den Ambroise ihm gleich nach ihrer Ankunft hingestellt hatte.

Unter dem missbilligenden Blick seiner Großmutter stellte der junge Mann das Katzenklo im Flur auf, säuberte danach seine Instrumente sorgfältig und sprang dann unter die Dusche. Die alte Frau fing ihn an der Wohnungstür ab.

»Ich würde mich ja nicht wundern, wenn dein Biest in dem Filz, der ihm als Fell dient, Flöhe sitzen hätte!«

»Also, erstens ist das nicht *mein* Biest. Es ist ja wohl nicht mein Fehler, wenn die Katze mein Auto und die Freiheit der tödlichen Spritze vom Tierarzt vorgezogen hat. Und zweitens gehe ich morgen gleich als Erstes ein Flohmittel kaufen, versprochen.«

»Und dass er nicht auf die Idee kommt, sein Revier zu markieren, indem er in alle Ecken der Wohnung pinkelt, das würde ich nicht überleben. Und er auch nicht!«

»Hör mal, Beth, wir sprechen morgen darüber. Ich muss

los, sie zählen auf mich und ich will nicht zu spät kommen. Ich komme nicht vor ein Uhr morgens zurück«, sagte Ambroise und schnappte sich den mit Alufolie bedeckten und noch warmen Teller. »*Far breton* oder *kouign-amann?*«

»Apfelkuchen, und das ist schon mehr, als du verdienst.«

Er gab Beth, die noch mürrischer wirkte, zum Abschied einen Kuss und ließ die alte Frau und den Kater, die sich in stoischem Schweigen anstarrten, allein zurück.

15

An diesem Morgen wurde Manelle weder mit »mein Täubchen« noch mit »meine kleine Reinemachfee« begrüßt.

Sie fand Samuel mit abwesendem Blick auf einem Stuhl sitzend, vor ihm ein großer blauer Umschlag und darauf die Papiere mit dem Ergebnis seiner Untersuchungen. Gramm und Milligramm, Prozente, Einheiten, Grafiken, farbige Kurvendiagramme. Unzählige Bilder seines Gehirns lagen verteilt auf dem Tisch. Auf mehreren Abzügen war ein heller Fleck zu erkennen, der wie das Auge eines Wirbelsturms inmitten einer grauen Fläche lag. Auch ohne Spezialist zu sein, begriff man gleich, dass dieser hässliche Fleck dort nichts zu suchen hatte, dass er in dieser Landschaft ein Fremdkörper war.

Manelle legte den Umschlag vorsichtig zur Seite und nahm die Hände des alten Mannes in ihre. Fast zehn Minuten lang sprach sie beruhigend auf ihn ein, erklärte ihm, dass dies alles nicht viel zu bedeuten habe, dass man abwarten müsse, bis er den Facharzt gesprochen habe, um zu wissen, wo er wirklich stehe.

Samuel beschrieb ihr den Schmerz, der nun ständig in seinem Schädel eingesperrt war. Ein Schmerz, der sogar nachts hinter seiner Stirn lauerte und nur darauf zu warten schien, dass das Licht des anbrechenden Tages durch seine Lider drang, um erneut hervorzubrechen. Er erzählte, wie ihn die schreckliche Kernspinröhre vollständig verschluckt hatte, und dann von den Worten des Mannes in Weiß am Ende der Untersuchung, all die Worte, die er nicht verstanden hatte und die in seinem Kopf durcheinanderwirbelten.

Manelle stellte sich vor, wie Samuel nach der verstörenden Untersuchung verloren und mit einem blauen Umschlag in der Hand herauskam und in einen Wagen des Krankenfahrdienstes stieg, um nach Hause zu kommen.

»Wann müssen Sie wieder zum Neurologen?«, fragte sie ihn.

»Montagnachmittag um fünfzehn Uhr. Ich muss den Fahrdienst kontaktieren«, sagte Samuel mit kraftloser Stimme.

»Ich fahre Sie«, entgegnete Manelle in einem Ton, der keinen Widerspruch zuließ.

Als sie die Unterlagen wegräumte, fiel ihr Blick auf die fettgedruckten Buchstaben unten auf dem Blatt, die dort prangten wie ein böser Urteilsspruch: *Glioblastoma multiforme*.

16

Der Schlüssel zum Aufbahrungsraum lag unter dem Blumentopf auf dem Fensterbrett, Hofseite, wie es die Angestellte des Bestattungsunternehmens am Telefon vorausgesagt hatte. Die Frau hatte ihm zudem angekündigt, dass die Töchter des Verstorbenen um vierzehn Uhr seine letzten Kleider bringen würden.

»Herzschrittmacher entfernen«, hatte sie noch hinzugefügt, bevor sie auflegte. Noch eine Anhängerin von sprachlichem Minimalismus, hatte Ambroise müde lächelnd gedacht.

Er ging zu den Kühlfächern. Der Verstorbene befand sich in Fach Nummer zwölf. Ambroise zog die Bahre auf den Schienen heraus, öffnete den Leichensack und riss das Blatt von der Tür des Fachs, um die Identität der Person zu überprüfen.

Serge Condrieux, neunundsiebzig Jahre alt. In der

Nacht im Schlaf gestorben. Zuweilen hatte Gevatter Tod ja die ärgerliche Angewohnheit, die Gesichter auszuhöhlen, bevor er sie anschwellen ließ und sie nach seiner Fasson neu modellierte. Im Fall von Serge Condrieux allerdings hatte er dazu keine Zeit gehabt. Dessen Gesicht war friedlich, ohne Ausdruck von Schmerz. Die Illusion eines schönen Todes. Als ob es möglich wäre, dass ein Tod, welcher Art auch immer, schön war!

Ambroise legte den Leichnam auf den Rollwagen, um ihn in das Behandlungszimmer zu schieben. Beim Lösen der Leichenstarre konnte er die Geschichte des Toten in all den Spuren lesen, die das Leben auf ihm zurückgelassen hatte. Über der Leiste die Narbe einer Blinddarmoperation. Unten am Hals der kaum sichtbare Schnitt an der Schilddrüse. Der typische Abdruck einer Tuberkuloseimpfung am linken Oberarm. Der um zwei Glieder gekürzte kleine Finger der rechten Hand war nur ein rosiger Stummel, Überbleibsel eines alten Unfalls. Als er den Handballen berührte, konnte Ambroise selbst durch die Handschuhe die Schwielen fühlen, untrügliches Zeichen dafür, dass Condrieux mit den Händen gearbeitet hatte. Ein sonnengegerbtes Gesicht und tiefe Falten zeugten zudem von einem Leben an der frischen Luft.

Eine Wölbung unter dem linken Schlüsselbein zeigte ihm den Ort des Herzschrittmachers. Ambroise schnitt in die Haut, entnahm den Apparat und legte ihn zu den drei anderen in die Plastikbox, die er einmal pro Woche in einem speziellen Container entsorgte. Kein Herzschrittmacher für die andere Welt, so war die Regel. Ob Hölle oder Himmel, Einäscherung oder Begräbnis, Lithiumbatterien hatten dort nichts zu suchen.

Im Aufbahrungsraum erklangen Schritte. Ambroise unterbrach seine Arbeit, um den beiden etwa fünfzigjährigen Frauen entgegenzugehen. Sie wirkten erschöpft, doch waren ihre Gesichter noch nicht von Trauer gezeichnet. In den Stunden nach dem Sterbefall sorgten die zu erledigenden Aufgaben oft dafür, dass die Angehörigen die Leere noch gar nicht spürten, die der Verstorbene hinterließ. Es war so viel zu tun, die Familie musste informiert werden, man musste sich mit dem Bestattungsunternehmen abstimmen und mit dem Priester Tag und Uhrzeit der Beerdigung festlegen, sodass die Tränen eine Zeit lang zurückgedrängt werden konnten. Als sie ihm Monsieur Condrieux' Kleider übergaben, versicherte er ihnen, dass er sich gut um den Leichnam ihres Vaters kümmern würde.

»Wir würden uns wünschen, dass er das trägt«, sagte die jüngere der beiden und zog eine rote Plastikkugel aus ihrer Tasche.

Ungläubig betrachtete Ambroise den Gegenstand von der Größe einer Aprikose, den die Frau ihm in die Hände gelegt hatte. Erst als ihre Schwester ihm das Foto zeigte, verstand er. Der Mann darauf war als Clown verkleidet.

Winziges rosafarbenes Hütchen, Augen und Mund weiß geschminkt, eine riesige Fliege, buntes Kostüm und gewaltige gelbe Schuhe und eben die unvermeidliche rote Nase.

Und da sprudelten die beiden los. Sie erzählten, wie ihr Vater, als sie noch Kinder waren, jeden 25. Dezember nicht als Weihnachtsmann, sondern als dummer August verkleidet die Geschenke gebracht hatte, ein lustiger August, der sie zum Lachen brachte. Und wie er diese fröhliche Tradition Jahr um Jahr mit den Enkeln und Urenkeln fortgesetzt und seine Vorstellung jedes Mal, unter den Freudenschreien der Kinder, noch weiter perfektioniert hatte, bis er von der ganzen Familie nur noch »Opa August« genannt worden war.

»Wir würden ihn gern mit seiner roten Nase sehen, verstehen Sie«, schloss die Ältere.

»Und seine Kleider?«, fragte Ambroise, der sie aufmerksam beobachtet hatte, als sie die Erinnerung aufleben ließen. »Würden Sie ihn nicht auch gern geschminkt wie auf dem Foto und in seinem August-Kostüm sehen?«

»Wir dachten nicht, dass das möglich ist«, antworteten die Töchter des Verstorbenen erstaunt, nickten dann aber begeistert.

»Sein Kostüm ist im Auto. Wir wollten es ihm in den Sarg legen, aber wenn Sie es ihm anziehen und ihn schminken könnten, wäre das wundervoll«, fügte die Jüngere hinzu.

Die Ältere war derweil rausgelaufen und kam mit der

Tasche wieder, in der das Clownskostüm und -zubehör lagen.

Ambroise nahm sie an sich, versicherte den beiden Frauen, dass er zurechtkäme, und bat sie, in einer guten Stunde wiederzukommen.

Nach der üblichen Behandlung des Leichnams kleidete er ihn an. Er legte den Hemdeinsatz über das Unterhemd, schob die Beine des Verschiedenen in die zu kurze und ungewöhnlich weite Hose, zog ihm die gestreiften Socken über, die bis zur Wadenmitte reichten, schnürte die an den Spitzen weit aufgeklappten Schuhe zu, hob den Oberkörper des Toten an, während er die Hosenträger festklippte und ihm die Jacke mit den bunten Punkten anzog. Die weißen Handschuhe machten ihm zu schaffen, aber schließlich waren auch sie an Ort und Stelle. Dann nahm Ambroise das Make-up-Täschchen und schminkte den Verstorbenen wie auf dem Foto. Mit dem Schwämmchen tupfte er weiße Farbe auf, mit dem dicken Pinsel legte er ihm Rouge auf, dann malte er falsche schwarze Augenbrauen, zeichnete die Lippen nach, sodass sie ein heiteres Lächeln zeigten. Schließlich setzte er die orangefarbene Perücke auf den Kopf des Toten, band ihm die riesige Fliege um den Hals, schob die große Plastikmargerite ins Knopfloch und legte den kleinen rosaroten Hut in seine gefalteten Hände auf die Brust.

Zu guter Letzt nahm Ambroise die rote Plastikkugel zwischen Daumen und Zeigefinger und setzte sie behutsam auf die Nase von Serge Condrieux, alias Opa August. Das Ergebnis war erstaunlich.

Er faltete den Leichensack zusammen, arrangierte den Samtschmuck um den Verstorbenen, schob den Rollwagen in den Vorraum und stellte den Rahmen mit dem Foto auf ein Tischchen rechts neben dem Toten.

Eine solche Farbexplosion hatte dieser Ort wahrscheinlich noch nie erlebt. Im halbdunklen Raum schien der Clown von innen zu leuchten.

Ambroise hatte sich gerade umgezogen, als die Töchter des Verstorbenen wiederkamen. Beim Anblick ihres Vaters in seinem Bühnenkostüm konnten sie die Tränen nicht zurückhalten. Tränen, die Ambroise als Lohn und Anerkennung für seine gute Arbeit gern in Empfang nahm. Die beiden Frauen dankten ihm überschwänglich.

»Dieses Bild sollte unsere letzte Erinnerung an ihn sein, verstehen Sie!«

Ein würdiges und wirklich schönes Bild, dachte Ambroise.

Noch im Hinausgehen betrachtete er ein letztes Mal den Verstorbenen. Ein Verstorbener, der heiter lächelnd in die Ewigkeit heimkehrte.

17

Kaum war Ambroise zur Tür herein, stürzte sich Beth auf ihn und ließ ihm nicht einmal Zeit, seinen Mantel auszuziehen.

»Er mag es, Ambroise!«, rief sie euphorisch. »Kannst du dir das vorstellen, er mag es!«

»Wer mag was?«

»Den *far*, er mag meinen *far breton*!«

»Und *wer* mag den *far*?«

»Na, das Krallenvieh! Er mag den *far*. Er liebt ihn sogar.«

Ambroise lächelte. Beth hatte nicht »dein«, sondern »das Krallenvieh« gesagt, ein Zeichen für beginnende Akzeptanz. Seit der Kater mit ihnen die Wohnung teilte, lehnte das Tier jede Streicheleinheit ab und blieb die meiste Zeit unter den Möbeln versteckt. Was die Nahrung betraf, so begnügte er sich mit ein paar Happen Trockenfutter. Sogar die Büchse Thunfisch, die Ambroise am Vorabend geöffnet hatte, hatte zu keinem überzeugenden Ergebnis geführt: Abgesehen von dem Saft, den er zum Teil aufschleckte, hatte der Kater das herrschaftliche Mahl mit Verachtung gestraft. Die alte Dame präsentierte ihrem Enkel den Teller, auf dem nur noch ein kläglicher und von allen Seiten angeknabberter Rest Kuchen übrig war.

»Schau dir das an! Ich habe ihn zum Auskühlen auf den Küchentisch gestellt, wie ich es immer mache. Der Lärm hat mich alarmiert. Das Krallenvieh war wie verrückt, das habe ich noch nie gesehen. Er hat ohne zu atmen ganze Brocken geschluckt, sogar mit den Pflaumen. Ich habe es ihm schließlich weggenommen, sonst hätte er alles aufgefressen. Schau ihn dir an«, sagte sie und zog ihren Enkel mit sich ins Wohnzimmer.

Der Kater lag ausgestreckt auf dem Sofa, schnarchte und stellte satt und zufrieden seinen dicken Bauch zur Schau. Nur kurz betrachteten sie das Schauspiel, dann zog Beth sich auf Zehenspitzen zurück und bedeutete Ambroise ihr zu folgen. Diejenige, die noch vor Kurzem das Tier mit dem Besen von den weichen Kissen gejagt hätte, zeigte sich nun mehr als nachsachtig.

»Er liegt schon seit fast zwei Stunden da. Lassen wir in schlafen, nicht? Ein *Far breton* lässt sich nicht so leicht verdauen. Da muss man ihm Zeit lassen für die verschiedenen Phasen der Magentätigkeit. Die Natur wehrt sich zuweilen gegen einen solchen Gewaltakt.«

Eine halbe Stunde später schlief das Tier immer noch, mit

Ambroise und Beth zu beiden Seiten, die vor dem Fernseher zu Abend aßen. Die Klingel ertönte zeitgleich mit dem Gong der Acht-Uhr-Nachrichten. Der Kater öffnete sein gesundes Auge, streckte sich ausgiebig und ließ sich dann auf den Boden plumpsen, um zur Wasserschüssel zu gehen.

Die Art zu klingeln ließ keinen Zweifel daran, wer störte. Es schrillte jedes Mal so kurz, dass man sich fragte, ob man nicht geträumt hatte.

»Das ist schon das zweite Mal diese Woche«, seufzte Ambroise und hievte sich vom Sofa hoch.

»Was soll ich dazu sagen?«, antwortete Beth und ging lustlos zur Tür, während ihr Enkel in sein Zimmer flüchtete.

Auf dem Treppenabsatz stand Odile Chambon, die mit ihren rosafarbenen Crocs ungeduldig auf dem Fußabtreter herumstapfte. Die Bewohnerin der Erdgeschosswohnung, Erbin der Gartenbaubetriebe Chambon, deren berühmter Slogan »Schön, schöner, Chambon« in den Siebzigerjahren die Werbeplakate der Region zierte, wusste mit ihrer Zeit nichts anzufangen und war über die Jahre immer mehr in die Rolle der Concierge geschlüpft. Die Bewohner des Hauses tolerierten die widerrechtliche Aneignung dieser Funktion großzügig – umso mehr, da das Fräulein dies gratis tat, mit dem einzigen Ziel, ihre freie Zeit zu füllen. Sie achtete auf alles, kontrollierte das Kommen und Gehen im Haus, kümmerte sich um die Mülltonnen, verteilte die Post, nahm, wenn nötig, Nachrichten entgegen, wies schonungslos die Zeugen Jehovas und andere wandernde Religionsvertreter ab.

Beth versuchte, mit ihrem Körper eine Barriere zu bilden, damit die Concierge nicht in die Wohnung kam. Es war schwierig, ihr Alter zu schätzen; sie war eine knochige Bohnenstange von fast übernatürlicher Blässe, da sie ihre Tage mit Lesen in geschlossenen Räumen zubrachte, ohne je an die frische Luft zu gehen. Ihr kastanienbraunes Haar hob ihren durchscheinenden Teint noch hervor.

Das Fräulein hegte für Ambroise Larnier grenzenlose Bewunderung und ließ keine Gelegenheit aus, ihn mit den Augen aufzufressen, und sei es nur für ein paar Sekunden. Keine Ausrede war ihr dafür zu schlecht. An einem Tag lieh sie sich einen Liter Milch, am nächsten Tag brachte sie den geschuldeten Liter zurück, oder sie kam, um sie zu informieren, dass der Stromanbieter jemanden zur Ablese geschickt hatte, dass die Wohnung der Jeandrons im zweiten Stock gerade renoviert wurde und es tagsüber womöglich störende Geräusche geben könnte, dass die Mülltonnen, da dieser Donnerstag ein Feiertag war, erst am Freitag geleert würden. Jeden 7. Dezember gratulierte sie Ambroise zum Namenstag und jeden 4. Juli seiner Großmutter. An Weihnachten gab es ein kleines Geschenk, an Ostern ein Schokoladen-Ei. Am Valentinstag war es keine Seltenheit, dass sich zwischen den Briefen eine parfümierte Karte fand. Die alte Jungfer hatte ihren Märchenprinzen gefunden, und dieser Prinz, ob er wollte oder nicht, hieß Ambroise Larnier.

»Ist Ambroise nicht da?«, erkundigte sie sich schmachtend. »Ich habe diesen Artikel aus der letzten Ausgabe von *Sciences et Vie* für ihn ausgeschnitten. Ein Interview mit seinem Papa über Krankenhausinfektionen.«

»Ich gebe es ihm, wenn er aus der Dusche kommt. Danke, Odile.«

»Oh, wie süß!«, kreischte da plötzlich Schön-Schöner-Chambon.

Einen Augenblick lang glaubte Beth, dass der Ausruf ihrem Enkel galt, doch dann begriff sie, dass sie den Kater meinte, der gelassen durch den Flur auf sie zukam.

Konsterniert sah die alte Frau zu, wie das Krallenvieh sich vor Wohlbehagen schnurrend an den knochigen Waden der Concierge rieb, in lasziven Schlenkern immer enger um sie herumstrich und sich dann auf den Fußabtreter legte, um seinen Bauch für Streicheleinheiten darzubieten. Odile Chambon ging in die Hocke und griff nach dem Kater, der sich nicht nur ohne Murren hochnehmen ließ, sondern unter den Liebkosungen der alten Jungfer sogar noch laut schnurrte.

Beth traute ihren Augen nicht. Das Tier, das bislang jede Berührung gescheut hatte und so leutselig wie ein Autist war, war geradezu außer sich vor Begeisterung, als die dünnen Finger der Concierge sein rotes Fell kraulten. Das gesunde Auge blickte hingebungsvoll auf seine Wohltäterin, während sein Stummelschwanz hin und her schlug.

»Wie heißt Ihr hübsches Kätzchen denn?«, fragte Odile, während sie den Kater, der vor Zufriedenheit fast sabberte, am Hals kraulte.

»Es hat keinen Namen«, gestand Beth und wurde sich plötzlich bewusst, dass sie und ihr Enkel sich nicht einmal die Zeit genommen hatten, dem Tier einen Namen zu geben. »Und es ist nicht mein Kätzchen, sondern das von Ambroise.«

Dies wühlte Odile Chambon sichtlich auf. Sie schloss die Augen, und einen Moment lang hielt sie nicht mehr den Kater in den Armen, sondern den jungen Mann selbst, den sie mit zahllosen Liebkosungen bedachte.

Die Zimmertür ging auf, und Ambroise eilte zum Badezimmer, wobei er ihr auf dem Weg ein möglichst neutrales »Guten Abend, Odile« zuwarf. Es galt vor allem zu vermeiden, der Zuneigung Auftrieb zu geben, komme was wolle den Sicherheitsabstand zu wahren, um keine unnützen Hoffnungen zu wecken. Schon ein zu langer Blick, ein zu aufgeweckter Tonfall, die Andeutung eines Lächelns oder eine unbeabsichtigte Berührung konnten als Zeichen missdeutet werden, und das Fräulein würde sich rückhaltlos darauf stürzen. Meistens vermied Ambroise, überhaupt in Erscheinung zu treten, wenn sie da war. Oder er versuchte, wenn dies nicht möglich war, sie zu ignorieren, aber es schien, als ob alle Versuche, ihren Enthusiasmus ein wenig abzukühlen, Odile Chambons Zuneigung im Gegenteil nur noch steigerten.

»Wie schön er ist!«, seufzte Odile und stierte auf die Stelle, an der eine Sekunde zuvor der junge Mann verschwunden war.

Dieses Mal stellte sich Beth nicht die Frage, wem das Kompliment galt. Stattdessen nutzte sie wie so oft die Gelegenheit, Odile Chambon ihre Abfalltüte anzuvertrauen, damit sie sie in die Mülltonne im Erdgeschoss warf. Ambroise vergaß sie regelmäßig, und es waren jedes Mal drei Stockwerke weniger, die sie mit ihren müden Beinen laufen musste. Sie nahm der Concierge das Krallenvieh ab, das daraufhin wütend fauchte, und gab ihr die verschnürte Tüte, bevor sie die Tür mit einem endgültig klingenden »Schönen Abend, Odile« schloss.

Schön-schöner-Chambon streichelte noch ein-, zweimal die Tüte, bevor sie in die Wirklichkeit und in ihre Wohnung zurückkehrte, die flüchtige Erscheinung des jungen Larnier und seines Haustiers immer noch in ihrer Netzhaut eingebrannt.

18

Das Schild funkelte und glänzte.

DR. FRANCOIS-XAVIER GERVAISE, EHEM. KLINIKARZT IN PARIS, FACHARZT FÜR NEUROLOGIE.

Ein Vorname, der nach Pariser Bürgertum klang, gefolgt von einem Nachnamen, der aus einem Hinterhofroman von Zola stammen könnte.

»Bitte ohne klingeln eintreten.«

Manelle lief es kalt den Rücken runter. Wie ein Hirntumor: der verschafft sich auch Einlass, ohne zu klingeln, dachte sie.

Die Sprechstundenhilfe mit dem straffen Haarknoten nahm Samuels Krankenakte und seine Versicherungskarte entgegen und bat sie, im Wartezimmer Platz zu nehmen.

Im Raum hing ein penetranter Geruch nach frischer Farbe. Sie setzten sich auf die Kunstlederstühle mit Armlehnen aus Edelstahl. Alles hier wirkte neu, abgesehen von den zerfledderten Zeitschriften, die auf dem niedrigen

Tisch verteilt waren. Hochglanzmagazine, deren Seiten in den unruhigen Händen angsterfüllter Kranker zerknittert, geknickt und zerknüllt worden waren. In einer Ecke des Zimmers vertrieb sich eine Frau die Zeit mit Stricken. Die Nadeln schlugen aneinander wie die Waffen von Fechtkämpfern.

Manelle tätschelte Samuels Hand und schenkte ihm ein beruhigendes Lächeln, als sich am Ende des Raums die Tür öffnete und zwei Männer hereinkamen. Der eine groß und schlank; der andere klein und rund und kränklich blass.

»Madame Maillard, hier bringe ich Ihnen Ihren Mann zurück«, rief der größere, während er dem Mann mit der wächsernen Gesichtsfarbe die Hand schüttelte.

Ohne ein weiteres Wort verschwand Doktor François-Xavier Gervais und tauchte erst nach fünf endlosen Minuten wieder auf.

»Jetzt sind wir dran«, sagte er und forderte Samuel und seine junge Begleitung auf, ihm in seine Zauberhöhle zu folgen.

So sieht also ein Spezialist aus, dachte Manelle. Eine glänzende, wie poliert wirkende Stirnglatze, manikürte Fingernägel, ein glattrasiertes Kinn, blendend weiße Zähne – alles an ihm strahlte Hygiene und Präzision aus. Auf dem Schreibtisch gewährte ein wie eine Walnuss geöffneter Schädel Einblick in zwei Gehirnhemisphären mit weißlichen Plastikwindungen.

»Also, was bringt Sie zu mir?«, fragte der Arzt mit aufgesetzter Munterkeit.

Du weißt genau, warum wir hier sind, dachte Manelle, als sie die Aufnahmen mit Samuels Gehirn an der Leuchttafel hängen sah.

Da er von dem alten Mann nur Schweigen und von der jungen Frau einen missbilligenden Blick erntete, hüstelte der Arzt peinlich berührt, putzte seine Brille mithilfe eines Tuchs, vertiefte sich einen Moment in die Krankenakte seines Patienten und setzte zu einer neuen Einleitung an.

»Also … ja … den Röntgenaufnahmen Ihres Gehirns zufolge, Monsieur Dinsky, haben wir es dem Anschein nach mit einer nicht unbedeutenden Tumormasse zu tun.«

Für Manelle war er mit seinem Gestottere ein offenes Buch. Es war mehr als deutlich, dass Samuel Dinsky und seine nicht unbedeutende Tumormasse dem Spezialisten gehörig zusetzten.

»Dem Anschein nach oder sicher?«, hakte der alte Mann nach.

»Monsieur Dinsky, ich will ehrlich zu Ihnen sein. Sie haben eine hirneigene Neubildung vom evolutiven Typus, die allgemein als Glioblastom bezeichnet wird, ein Tumor mit multiformalem Erscheinungsbild.«

Der Arzt hatte seine Diagnose regelrecht ausgespuckt. Glioblastom, multiformales Erscheinungsbild, so hieß der Übeltäter also. Das klingt nach Metastasen, dachte Manelle voller Angst.

»Kann man das operieren?«, fragte sie.

Der Arzt wand sich auf seinem Sessel. Die zwei warfen mit ihren direkten Fragen seinen ganzen Dialogplan über den Haufen. Sie übersprangen ganze Etappen, ließen die protokollarischen Abläufe außer Acht. Natürlich nicht, das Miststück konnte man nicht operieren, aber das musste ordnungsgemäß mitgeteilt werden, zwischen schönen, lang erprobten positiven Formulierungen, damit der Verstand des Patienten mit einer ordentlichen Schicht Betäubungsmittel eingelullt wurde, bevor man ihm erklärte, dass es das jetzt war, sein Leben, endgültig aus und vorbei.

Der Spezialist versuchte trotz allem die Kontrolle zurückzugewinnen, indem er dem üblichen Verfahren folgte, mit dem er den Todeskandidaten die Diagnose mitteilte.

»Wir kommen nicht umhin, die Folgen der Erkrankung von Monsieur Dinsky ernst zu nehmen, zudem müssen wir zusätzliche Untersuchungen durchführen, doch es bleibt ...«

»Kann man das operieren, Herr Doktor?«, fragte Manelle erneut, während sie Samuels Hand drückte.

»Um ehrlich zu sein, nein«, gab der gequälte Spezialist mit einem Schnaufen endlich zu. »Abgesehen davon, dass das Glioblastom nicht unwesentlich fortgeschritten ist, muss man wissen, dass diese Art Tumor die Angewohnheit hat, in die benachbarten Gehirnregionen einzudringen. Diese invasive Tendenz, die die Grenze zwischen dem Tumorgewebe und dem gesunden Gewebe auflöst, macht die Entnahme der Masse unmöglich.«

»Und was passiert nun, Herr Doktor?«, fragte Samuel mit zittriger Stimme, ohne Manelles Hand loszulassen.

Dr. Gervaise griff nach seinem Stift und klopfte damit leicht auf das Plastikgehirn des Schädelmodells vor ihm.

»Wenn der Tumor hier entstanden wäre, im vorderen Frontallappenbereich, hätten Sie bereits psychische Störungen. Wäre er im hinteren Teil, würden Sie unter epileptischen Anfällen leiden. Was uns betrifft, können wir bereits sagen, dass sich die Auswirkungen auf Veränderungen des Geschmacks- und Geruchssinns sowie des Sehens beschränken werden. Und nicht zuletzt werden wir es mit stärker werdenden Kopfschmerzen zu tun bekommen, die mit dem steigenden Gehirndruck zusammenhängen, aber mit einer entsprechenden Behandlung gelindert werden dürften.«

Dr. Gervaise richtete sich in seinem Sessel auf, überglücklich, dass er geschafft hatte, ein »Was uns betrifft« einfließen zu lassen, eine entscheidende empathische Formulierung, die nach neuesten Erkenntnissen die Bindung Arzt – Patient stärken soll.

Manelle fiel es äußerst schwer, das Bild einer großen hungrigen Zecke, die sich an Samuels Gehirn krallte und sich auf Kosten ihres Wirts vollfraß, aus ihrem Kopf zu vertreiben.

»Wie viel …?«, fragte der alte Mann in sich zusammengesunken.

»Fünfundneunzig Euro, bitte«, verkündete der Spezialist klar und deutlich, erleichtert, dass er so leicht davonkam.

»Nein, Doktor, er will wissen, wie viel Zeit ihm noch bleibt!«, rief Manelle empört.

Der Kehlkopf des Arztes ging auf und nieder. Die gefürchtete Frage. Aus der Medizin für den Moment einer Rechenaufgabe eine exakte Wissenschaft machen.

Abzug, Kredit, Endsumme. Die Bilanz eines Lebens.

»In Anbetracht der Größe des Tumors und seiner raschen Entwicklung, höchstens ein Jahr, schätze ich.«

»Verzeihen Sie, wenn ich nachhake, aber mich interessiert vor allem das mindestens«, insistierte Samuel.

»Drei Monate im schlimmsten Fall«, schnaufte der Spezialist ergeben.

Neunzig Tage … so lange benötigte der Parasit also, um seinen Wirt zu töten? Die Dauer einer Jahreszeit. Die Zeit, die ein Embryo benötigt, um zum Fötus zu werden. Die Laufzeit eines Touristenvisums. Länger als eine Reise um die Welt mit Jules Verne.

Monsieur Dinsky bezahlte, und die beiden gingen aneinandergeklammert wortlos hinaus. Wer sie sah, konnte nicht sagen, ob der alte Mann die junge Frau oder sie ihn stützte.

Als sie die Praxis mit ihrem Geruch nach frischer Farbe und der klimatisierten Luft verließen, fiel Samuels Blick auf die Uhr an der Wand hinter der Sprechstundenhilfe.

Einen Moment lang war er sich sicher, dass der Sekundenzeiger schneller tickte als bei ihrer Ankunft. Als sie hinaustraten, verschlang sie das pulsierende, laute Leben.

19

»Du hast hoffentlich nicht vergessen, dass ich heute Abend die Lebenden habe?«, rief Ambroise aus dem Bad.

»Nein, ich habe es nicht vergessen, und ich habe dir sogar einen *far breton* mit Pflaumen gemacht. Er ist noch warm.«

»Du bist zu gut zu mir«, rief Ambroise laut zurück, während er unter den Wasserstrahl trat. Nach der Rückkehr aus der Welt der Toten war die Dusche eine wahre Wohltat.

Der Tag war aufreibend gewesen. Sechs Behandlungen, davon eine nach einem Selbstmord mit Schusswaffe, bei der er einen Teil des Kiefers rekonstruieren musste. Über eine halbe Stunde lang hatte er das Wachs modelliert, bevor er das Ergebnis akzeptabel fand. Ambroise hielt seinen schmerzenden Rücken unter den heißen Wasserstrahl und schloss die Augen. Die Bilder seiner Arbeit verfolgten ihn selten, aber es ließ sich nicht vermeiden, dass manche sich doch in seinem Kopf festsetzten. Er wusste, dass sie dort waren, die abscheulichen Szenen, tief in seinem Gehirn verborgen, und jederzeit bereit, hinter einer fehlgeleiteten Erinnerung aufzutauchen. Und er wusste, dass es sinnlos war zu versuchen, sie daraus zu verscheuchen. So nahm er sie als einen Teil von sich selbst an und lebte mit ihnen.

Er seifte sich ein, duschte sich ausgiebig ab, rubbelte sich trocken, bis die Haut gerötet war, schüttelte seinen schwarzen Haarschopf und zog sich an. Jeans, T-Shirt, Kapuzenpulli und ein Paar Redskins. Farbenfrohe und bequeme Kleidung, die mit dem schwarz-weißen Aufzug des Totenarztes nichts zu tun hatte.

Als er aus dem Bad kam, fing ihn Beth ab:

»Und du, vergiss nicht Lillin, bevor du gehst.«

Sie hielt ihm das kleine Metallkästchen hin, in der die Utensilien lagen.

»Ja, Chef. Wie heißt es doch so schön: Dienstags linkes Bein …«

»… da muss es sonnig sein«, vollendete Beth lächelnd.

Ambroise hatte bereits den Metalldeckel gelüftet. Mit ein paar präzisen Gesten zog er die Flüssigkeit auf und klopfte mit dem Finger an die Spritze, dann desinfizierte er mithilfe eines alkoholgetränkten Wattebauschs eine Stelle am Oberschenkel seiner Großmutter, bevor er die Nadel ansetzte.

Elisabeth Larnier litt seit über zwanzig Jahren an Diabetes und benötigte ihre tägliche Dosis Insulin. Als Kind schon hatte Ambroise jede Gelegenheit genutzt, um Beth bei ihrer Injektion zu assistieren. Der kleine Junge, der er war, folgte den Anweisungen seiner Großmutter wie eine OP-Schwester. Sie hatte ihm beigebracht, die Spritze auszupacken, die Haut an der Einstichstelle zu reinigen, den Gummiverschluss des Fläschchens mit der Nadel zu durchstoßen, um die durchsichtige Flüssigkeit aufzunehmen, vorsichtig den Kolben anzudrücken, um den Rest Luft herauszupressen. Jedes Mal sang sie ihm den Reim von Lillin, dem Insulin, vor. »Damit ich weiß, wo ich spritzen muss«, hatte sie ihm verschwörerisch zugeflüstert. Er lernte das Lied auswendig und sagte es sich manchmal abends in seinem Bett wie ein Gebet auf, wenn er wusste, dass Beth sich gerade mit schmerzverzogenem Gesicht ihre Medizin zuführte:

Montags rechter Arm, da wird es warm.
Dienstags linkes Bein, da muss es sonnig sein.
Mittwochs tut im Schnee die rechte Hinterbacke weh.
Donnerstags weht Wind, am linken Arm geschwind.
Freitags dann das rechte Bein, so ist es fein.
Samstags regnet es in Strömen, um den linken Hintern zu verhöhnen.
Sonntags in den Bauch, nun reicht es auch!

An einem solchen Sonntagabend hatte ihn seine Großmutter zum ersten Mal damit beauftragt, die Prozedur von Anfang bis Ende durchzuführen. Mit seinen zwölf Jahren, aber konzentriert wie nie zuvor, hatte er ohne zu zittern die Spritze in Beths Bauch geschoben, überrascht, wie leicht die Nadel in das weiche Fleisch glitt.

»Tut gar nicht weh, du machst das viel besser als ich«, hatte sie ihn beglückwünscht und sein Haar verstrubbelt. Sie hatte es ihm überlassen, die Spritze danach zu entsorgen. »Vergiss das nie, Ambroise«, wiederholte sie oft, »eine herumliegende Nadel findet immer einen Finger, den sie stechen kann.« Als er fast zehn Jahre später zu ihr zog, hatte sie ihm wie selbstverständlich diese tägliche Aufgabe übertragen. Und so verabreichte Ambroise seiner Großmutter jeden Abend, obwohl die Geste tausendfach wiederholt war, mit der gleichen Behutsamkeit ihre Dosis Insulin.

»Du bist mein Lieblingsjunkie«, scherzte er, während er Beths Rock wieder zurechtrückte.

»Wenn du wenigstens mal eine mitbringen würdest«, seufzte sie, während Ambroise bereits die Spritze wegräumte.

»Von den Junkies?«, fragte er, auch wenn er sehr wohl wusste, worauf Beth anspielte.

»Nein, Dummkopf. Von deinen Lebenden, wie du sie nennst.«

»Die letzte, die ich mitgebracht habe, ist deinem *kouign-amann* verfallen und wäre fett geworden, wenn wir zusammengeblieben wären«, antwortete Ambroise. »Ich habe sie zu ihrem eigenen Wohl verlassen. Warte nicht auf mich«, fügte er hinzu, »ich komme nicht vor zwei oder drei Uhr zurück. Morgen muss ich nicht arbeiten. Und außerdem wird es mir guttun, mich unter die Jugend zu mischen, ich hab es satt, mit einer alten Frau zu leben.«

Lachend küsste Ambroise Beth auf die Stirn, während sie ihm schmollend die Schüssel mit dem *Far breton* in die Hand drückte.

20

Der Gemeindesaal, in dem die Truppe auftrat, befand sich eine halbe Stunde von seinem Zuhause entfernt.

Ambroise parkte das Auto auf dem anliegenden Parkplatz und holte den kleinen Koffer hervor, den er hinter dem Beifahrersitz verstaut hatte. Auch wenn die Schminkprodukte, die er für die »Lebenden« verwendete, mit denen, die er für seine üblichen Klienten verwendete, identisch waren, hatte er das Nötige dennoch gleich zu Anfang doppelt gekauft und es in einer Kosmetiktasche aus buntem Stoff verstaut, die sich deutlich von dem schwarzen Leder der anderen Koffer unterschied. Und wenn in dieser ein Rougepinsel, ein Geltöpfchen oder eine Dose Reispuder fehlen sollte, würde er niemals in der Tasche für die Toten nach dem fehlenden Produkt suchen. Es galt, die beiden Welten, zwischen denen er pausenlos hin- und herwanderte, nicht zu vermischen, auch wenn die eine seiner Ansicht nach mit der anderen notgedrungen zusammenhing.

Er ging auf Jean-Louis, den Regisseur, zu, der mit zwei Schauspielern auf dem Parkplatz rauchte.

»Bonsoir. Na, wie sieht's aus?«, begrüßte er das Trio.

»Der ganz große Luxus«, antwortete der Regisseur. »Waschräume, so groß wie Versailles, wo du die werten Damen und Herren ohne Platzprobleme pudern und zurechtmachen kannst. Es steht dir sogar ein Wandspiegel zur Verfügung. Die Schauspieler finden die Bühne etwas klein, aber du weißt ja, wie sie sind: nie zufrieden«, scherzte er und klopfte Xavier, der neben ihm stand, auf den Rücken.

Die Truppe wusste nie im Voraus, auf was für einer Bühne sie auftreten würde. Ein Gemeindesaal wie an diesem Abend, ein Kino, eine Turnhalle, eine Bibliothek, ein Schulhof, selten ein richtiges Theater. Es war jedes Mal eine Herausforderung, aus dem Ort das Beste zu machen und ihn den eigenen Bedürfnissen anzupassen. Genau wie in meinem Job, dachte Ambroise. Ein Toter auf dem Boden eines winzigen Zimmers, ein Verstorbener, den man auf eine ausgehängte und in einer Garage aufgebockte Tür gelegt hatte, eine Familie, die sich strikt weigerte, während der Behandlung das Zimmer zu verlassen, Angehörige, die stummer waren als der Tote selbst, andere, die man kaum stoppen konnte in ihrem Redefluss, ganz zu schweigen von dem generellen Zustand des Leichnams, der seinen Teil zur Überraschung beitrug – die Thanatopraxis war alles andere als eintönig.

Ambroise betrat den Saal, wo die Techniker und Schauspieler schon beschäftigt waren. Er schüttelte Hände, verteilte Küsschen, umarmte den ein oder anderen und hatte wie jedes Mal, wenn er zu den »Lebenden« kam, das Gefühl, zu einer großen Familie zu gehören, einer Familie, deren Mitglieder von überallher kamen. Jean-Louis war Zahnarzt, Xavier Lehrer, Sandrine arbeitete in einem Supermarkt, Yves war Malermeister, Louise Schwimmlehrerin, Mireille Sekretärin. Insgesamt bestand die Truppe aus fünfzehn Leuten. Ambroise war zwei Jahre zuvor auf sie gestoßen, als er zufällig eine Anzeige las, die bei seinem Friseur an der Registrierkasse hing. »*Tréteaux de la Fontaine*, eine Laien-Theatertruppe, sucht eine Maskenbildnerin für die Saison 2013, bei Gefallen länger. Nur für unbeschwerte Interessenten!« Und obwohl unmissverständlich eine Frau gesucht wurde, hatte ihn der letzte Satz dazu bewogen, einen Versuch zu wagen. Sie akzeptierten ihn sofort. Vor allem die Frauen, die glücklich waren, ihr Gesicht in die Hände dieses jungen Gottes zu legen, der zum Anbeißen aussah und wie ein Profi mit Pinsel, Lidschatten, Mascara und Lippenstift umging.

»Larnier? Bist du mit dem Nobelpreisträger verwandt?«, wurde er gleich am ersten Abend gefragt.

»Entfernt«, hatte er ausweichend geantwortet. »Sehr entfernt.«

Auch die Frage, die er noch mehr fürchtete, hatte nicht lange auf sich warten lassen: »Was machst du beruflich?«

Wenn er nicht log, benutzte Ambroise oft die Worte von Meister Thanatos: »Im Leben bin ich bei den Toten.« Wenn er zu Scherzen aufgelegt war, antwortete er gern, er sei Restaurator, was unweigerlich Fragen nach sich zog. Hier in der Stadt? Ja, in der Stadt und außerhalb. Du meinst, du hast ein Restaurant? Nein, das habe ich nie gesagt. Du hast einen Lieferservice, ist es das? Pizza, Sushi? Ich gehe manchmal zu Leuten nach Hause, ja, aber es hat mit Essen nichts zu tun. So konnte »Was bin ich?« minutenlang weitergehen. Restaurierst du Kunst? Nein, aber in diesem Sinne muss man Restaurator verstehen, ermutigte Ambroise. Möbel? Auch nicht. Häuser? Nein. Ein lustiges Beruferaten, das er so lange in die Länge zog, wie er wollte, bis er die drei Worte aussprach, die, anstatt den Fluss an Fragen zu stoppen, eine erneute Lawine auslöste: Restaurator von Leichen. Bei der Truppe hatte er lügen müssen, denn Ehrlichkeit hätte unweigerlich zu seinem Ausschluss geführt, da war er sich sicher. Es war tatsächlich schwierig, den Leuten, die ihr Gesicht in Ambroises Hände legten, beizubringen, dass die gleichen Hände den Tag über mehrere Leichen bearbeitet hatten.

»Ich arbeite für eine Firma, die medizinische Abfälle mit Infektionsrisiko von Krankenhäusern, Instituten und Labors entsorgt. Nicht gerade spannend, aber von irgendwas muss man ja leben«, hatte er hinzugefügt.

Entsorger für medizinische Abfälle. Sie hatten es geschluckt. Ambroise musste ihnen nicht einmal die sonnengelben Container in seinem Wagen zeigen, in denen er die Abfallsäcke vom Tag verstaute.

Die Vorstellung begann in weniger als einer Stunde, und die Truppe war schon von freudiger Erregung gepackt. Während die Bühnenbildner die tragbaren Aufsteller montierten, die als Bühnenbild dienten, sah sich Ambroise in den Waschräumen um. Jean-Louis hatte nicht übertrieben. Sie waren geräumig, und über den Waschbecken hing ein riesiger Wandspiegel.

Er öffnete die Kosmetiktasche und holte Bürsten, Pinsel und Schminkstifte heraus. Louise, die bereits ihr Kostüm angezogen hatte, war die Erste. Da die Truppe mit dem neuen Stück nun schon seit drei Monaten in der Region tourte, waren die Abläufe eingespielt. Später würde Ambroise sich hinten in den Saal setzen, um gemeinsam mit dem Publikum die Vorstellung anzuschauen. Danach, wenn die Kulisse in den beiden Kleinlastern verstaut war und die Scheinwerfer wieder in ihren Kisten lagen, würde er an der Nachbesprechung teilnehmen, zu der jeder etwas beisteuerte: Salate, Aufschnitt, Käse und Kuchen, was sie dann unter Lachen und Scherzen verspeisen würden.

Aber der intensivste Moment war für Ambroise immer der, wenn die Schauspieler ihm einer nach dem anderen ihr Gesicht darboten, um sich schminken zu lassen. Am Abend die Lebenden zu verschönern, nachdem er sich den ganzen

Tag um Tote gekümmert hatte, war für ihn das beste Mittel, sich daran zu erinnern, dass das Leben noch mehr zu bieten hatte als verzweifelte Familien und eine Abfolge von Leichen. Weiche und warme Haut zu berühren, unter den Fingern festes Fleisch und zitternde Lider zu fühlen, lebendige Menschen zu massieren und sich dabei zu unterhalten gab ihm wieder Kraft. Das übersprudelnde Leben ließ das Schweigen der Toten weit weg erscheinen. Wie zufällig hatte er heute sechs Leichen in seinen Fingern gehabt, und heute Abend warteten sechs Lebende auf ihr Make-up. Das perfekte Gleichgewicht.

»Ich bin tot«, hauchte Louise und ließ sich auf den Stuhl fallen. »Ich weiß nicht, was heute mit den Kleinen im Schwimmbad los war, aber sie haben mich fertiggemacht. Schau mich an, ich bin leichenblass.«

»Nein, meine Schöne«, entgegnete Ambroise, während er die Haare der Schauspielerin hochband, um sie für die Zeit des Schminkens zu einem losen Knoten zu schlingen. »Ich kann dir versichern, dass du nichts von einer Leiche hast«, beruhigte er sie mit einem Lächeln.

21

»Können wir uns sprechen, mein lieber Ambroise!«

Ambroise musste grinsen. Bourdins Fragen waren eigentlich Befehle, es war eindeutig, dass er so bald wie möglich zu ihm ins Büro zu kommen hatte. Und wenn Roland Bourdin auch noch »mein lieber Ambroise« anhängte, war mit allem zu rechnen. » Schlimmer geht's nimmer«, würde Beth sagen.

Auf seinem Weg zu einer Behandlung am anderen Ende des Départements machte Ambroise also einen Umweg und fuhr zum Hauptsitz des Bestattungsunternehmens. Er parkte im Hinterhof und ging durch die große Halle, in der das Material und die Fahrzeuge der Firma standen.

Der Schauraum wirkte sehr freundlich und einladend. Rechts vom Haupteingang plätscherte leise und stetig ein Springbrunnen, dessen Glucksen sich mit der Musik aus den hinter üppigem, falschem Efeu verborgenen Lautsprechern vermischte. Die linke Wand war von oben bis unten mit Kruzifixen bedeckt. An dem Präsentierständer neben dem Empfangstresen hingen Messingplatten mit posthumen Botschaften: *Meinem Ehemann, Unserem Onkel, Unserer Großmutter, Unserem Großvater, Meinem Patenkind.* Der Mittelgang wurde auf beiden Seiten von künstlichen Blumenkränzen gesäumt. Ambroise durchquerte den zweiten Raum, vorbei an aufgereihten Särgen, und stieg die Treppe ins Obergeschoss hinauf, wo sich das Büro des Chefs befand. Papierkram, Finanzen, Abrechnungen und Kostenvoranschläge: eine Welt, die Lichtjahre von dem friedlichen und wohlgeordneten Universum im Untergeschoss entfernt zu sein schien. Es roch nach aufgewärmtem Kaffee und kaltem Tabak. An allen Wänden bogen sich die Regale unter schweren Ordnern.

Roland Bourdin riss sich von seinem Bildschirm los und kam ihm entgegen. Seine Tochter hämmerte weiterhin auf ihre Tastatur ein und grüßte Ambroise nur mit einem kurzen Kopfnicken. Im Laufe der Zeit war sie zu dem Sohn geworden, den Bourdin nie hatte. Mit ihren kurzen Haaren, ihrem immer gleichen Aufzug aus Hemd und Hose und ihren eher kantigen Schultern hatte sie, von allen Francis genannt, ihre männlichen Züge stets weiter kultiviert, und so die Aneignung der von ihrem Schöpfer gewünschten sexuellen Identität voranzutreiben versucht. Bourdin bat Ambroise, Platz zu nehmen.

»Kaffee? Francine Schatz, zwei Tassen Kaffee bitte! Larnier, ich habe Sie hergebeten, weil ich diese Arbeit niemand anderem anvertrauen kann. Oh, nichts Kompliziertes, keine Sorge. Ein Leichnam muss aus der Schweiz zurückgeführt werden. Zweiundachtzig Jahre, unter sechzig Kilo. Zwei Tage für die Hin- und Rückreise, plus drei Tage vor Ort. Fragen Sie mich nicht, warum drei, der Kunde ist König, vor allem, wenn er gut zahlt. Der Verstorbene hat keine Familie mehr, außer einem Zwillingsbruder. Der hat uns kontaktiert. Er wird Sie auf der Hin- und Rückfahrt begleiten. Für die Firma geht es um eine ordentliche Summe, dazu kommt eine hübsche Prämie für Sie, mein lieber Ambroise. Sie haben seit Ewigkeiten keinen Tag mehr freigenommen. Sehen Sie es als Urlaub, Larnier. Und das alles auf Kosten der Firma. Mit Viersternehotel am Genfer See. Und am See muss es zu dieser Jahreszeit wunderschön sein. Ich gestehe, wenn ich das Schiff hier verlassen könnte, würde mich dieses Abenteuer selbst außerordentlich reizen. Ich brauche Ihnen nicht zu sagen, dass wir dem Kunden einen Rundumservice anbieten und dass der einwandfrei sein muss. Sie fahren am Montag.«

Ambroise dachte, dass sein Chef die Kunst der Verknappung wirklich perfektioniert hatte. Als dieser sich vorbeugte, zog sich ein breites Grinsen über sein grob gezeichnetes Gesicht.

»Sie nehmen den Vito«, sagte er großmütig.

Der Mercedes Vito, das schlagende Argument. Roland Bourdins ganzer Stolz. Das luxuriöseste Gefährt der ganzen Flotte, mit Kühlabteil für den Transport der Toten und vier ordentlichen Sitzplätzen für die lebenden Passagiere.

»Noch eins: Morgen am frühen Nachmittag haben Sie einen Termin mit dem Bruder des Verstorbenen. Er möchte mit Ihnen die Details der Reise besprechen und vorab bezahlen. Das wird Sie höchstens eine halbe Stunde kosten. Francine hat Ihnen die Adresse aufgeschrieben und den Vertrag vorbereitet.«

Als Ambroise wieder im Auto saß, fiel ihm auf, dass er zwischen dem Moment, als er ins Büro gekommen war, und seinem Weggang kein Wort gesagt hatte. Von Bourdin, der ihn wie so oft überrumpelt hatte, war sein Schweigen als stilles Einverständnis ausgelegt worden.

Er musste an Beth denken, an ihre tägliche Insulinspritze und dass er seine Großmutter fünf Tage am Stück würde allein lassen müssen. Auch wenn sie noch bei klarem Verstand war, kam es doch immer öfter vor, dass sie die Tage durcheinanderbrachte und bei Dämmerung den Morgen mit dem Abend verwechselte. Wenn sie eine Injektion vergaß, konnte das dramatische Folgen haben. Und der Vito hatte vier Plätze. Das war mehr als genug.

Seine Entscheidung war gefallen, noch bevor er die Stadt hinter sich gelassen hatte. Beth würde ihn begleiten. Bourdin musste ja nichts davon erfahren, und hatte er nicht gesagt, er solle es als Urlaub sehen? Wie oft hatte die alte Frau davon geträumt, einmal die Wasserfontäne am Genfer See zu sehen. Das war die Gelegenheit, ihren Traum zu verwirklichen. Was seine »Lebenden« betraf, die nächste Vorstellung würde erst in drei Wochen stattfinden. Und für den Kater hatte er auch schon so eine Idee.

22

Als Manelle die Tür öffnete, stieg ihr ein angenehmer Duft in die Nase. Ein feines Bukett aus Rosmarin, Lorbeer, Zwiebeln und gebratenem Fleisch drang aus der Küche.

Jeden letzten Donnerstag im Monat teilte Samuel mit ihr sein Mittagessen. Es war für ihn Ehrensache, es selbst zuzubereiten, und er begann Stunden, manchmal Tage vorher mit der Vorbereitung. Bereits bei Tagesanbruch prüfte der alte Mann dann seine Küchenutensilien, holte die Zutaten aus dem Kühlschrank und legte alles auf der Arbeitsplatte bereit, bevor er töpfeklappernd das Tagesmenü kreierte.

Manelle konnte der Versuchung nicht widerstehen, in die Küche zu schleichen und den Deckel vom Schmortopf zu heben. Auf einem Bett aus Kartoffeln, Karotten und Zwiebeln köchelte auf kleiner Flamme ein Braten und zeigte ihr seine verführerisch gebräunte Kruste.

Die Kühlschranktür musste Manelle hingegen nicht öffnen,

um zu wissen, dass sich darin eine selbst gemachte Schwarzwälder Kirschtorte befand, der Abschluss ihres monatlichen Festmahls. Diesen Nachtisch herzustellen musste Samuel den halben Mittwochnachmittag und zudem einen Großteil der spärlichen Kräfte gekostet haben, die ihm noch blieben, davon war die junge Frau überzeugt. Denn seine Krankheit schritt inzwischen schnell voran, viel zu schnell. Das Biest gewann jeden Tag ein wenig mehr Raum, während es sich vom wehrlosen Körper des alten Mannes nährte. Der Tumor würde ihm nach und nach alle Kraft rauben, bis er nur noch eine bemitleidenswerte abgezehrte Gestalt war.

Seit ihrem Besuch beim Neurologen vor fast einem Monat hatte er weiter abgenommen. Er aß immer weniger und spie das bisschen, was er hinunterbekam, manchmal gleich wieder aus, wenn die Kopfschmerzen zu stark wurden. Über den hervortretenden Wangenknochen lagen seine Augen, deren alter Glanz verblasst war, tief in den Höhlen.

Am Montag hatte Manelle den alten Mann wie versteinert in der Mitte des Wohnzimmers vorgefunden; abgekämpft und mit abwesendem Blick hatte er dagestanden, wie eingefroren und verloren in der Ruhe vor dem Sturm und in der Erwartung, dass der Schmerz zurückkehrte, dieser unersättliche Gebieter, der nun Teil seines Lebens war. So wie die Dinge sich entwickelten, war die von Dr. Gervaise auf drei Monate festgelegte Lebenserwartung Manelles Einschätzung nach mehr als optimistisch.

»Geht es meiner Morgensonne auch gut?«, erkundigte sich der alte Mann, während sie ihm Küsschen auf die kratzigen Wangen setzte.

Trotz der nagenden Schmerzen war er nach wie vor um ihr Wohl besorgt. Auch wenn sein munterer Tonfall immer aufgesetzter wirkte, war seine Anteilnahme es nie, er erkundigte sich mit echtem Interesse nach ihr. Ob sie gut geschlafen habe, mit Appetit esse, genügend Zeit zum Feiern und Ausgehen habe und das doch hoffentlich auch mit anderen Begleitern als alten Männern, die am Ende ihres Lebens stünden?

Sie beruhigte ihn mit einem ausweichenden »Ja, keine Sorge« oder antwortete noch öfter mit einer Gegenfrage. Sie erzählte nie von ihrem einsamen Leben; von den trostlosen Abenden, wenn sie irgendetwas allein vor dem Fernseher verspeiste, dann vielleicht ein Buch nahm, das sie leidenschaftlich verschlang, um sich an den Worten und Erlebnissen anderer zu berauschen; von den schlaflosen Nächten, in denen sie sich weit weg träumte. Wenn sie den ganzen Tag lang von einem Haushalt zum nächsten geeilt war, um zu putzen, zu bügeln, zu scheuern und zu kochen, wollte sie am Ende des Tages nur noch so schnell wie möglich nach Hause und sich aufs Sofa fallen lassen. Allein der Gedanke, noch einmal auszugehen, ermüdete sie. Und sie sah auch keinen Ausweg, diesem Alltagstrott zu entkommen. Sie hatte sich in die Einsamkeit wie in ein Kloster zurückgezogen. Das ist deine Strafe, meine Gute, sagte sie sich oft. Das ist das Leben, mit dem du für deine Schandtat büßt.

Manchmal kam er mitten in der Nacht schreiend zu ihr und riss sie aus dem Schlaf: So als ob der Embryo, der einige Jahre zuvor in ihrem jugendlichen Bauch entstanden und von einem Gynäkologen in den Tod gesaugt worden war, sie nie verlassen hätte. Als Siebzehnjährige hatte sie sich nicht in der Lage gefühlt, das Kind zu behalten, und so war die Entscheidung zur Abtreibung unausweichlich erschienen. Induzierter Abort. Hinter dem medizinischen Fachausdruck verbarg sich die grausame Lösung. Denn nichts anderes war es als das gewollte Ausscheiden einer körpereigenen Masse, eines unbedeutenden Zellklumpens, der nicht willkommener als ein bösartiger Tumor war, das Ergebnis einer kurzen Verliebtheit in jemanden, an dessen Gesicht und Namen sie sich schon nicht mehr erinnern konnte. Zu spät hatte sie gemerkt, dass die Entscheidung gegen das Kind viel schlimmer sein konnte als das Wagnis der Geburt. Und darum hatte Manelle auch nie aufgehört, um die wenigen Gramm Leben, die ihr entrissen worden waren, zu trauern.

Wie jeden letzten Donnerstag im Monat wartete Samuel nicht ab, bis die junge Frau ihre Aufgaben erledigt hatte, sondern bat sie gleich zu Tisch. Sie aßen in der merkwürdig unbehaglichen Stimmung, die sich durch die voranschreitende Krankheit wie ein unerwünschter Gast zwischen sie geschlichen hatte. Abgesehen von den leisen Kaugeräuschen herrschte Stille, die sich in so schweren Schichten über sie legte, dass sogar das Trommeln des Regens, der heftig gegen das Küchenfenster schlug, dagegen machtlos war. Eine unerträgliche Stille, die Manelle schließlich durchbrach, bevor alles in ihr versinken würde.

»Sie müssen nicht jedes Mal eine Schwarzwälder Kirschtorte backen, wissen Sie. Das ist wirklich zu viel Arbeit, Samuel.«

Für jemanden in Ihrem Zustand, hätte sie beinah noch hinzugefügt. Doch auch unausgesprochen war die Andeutung so unmissverständlich, dass sie eine Zeit lang zwischen ihnen hing und sich in der wieder eingekehrten Stille ausbreitete, bis Samuel diese seinerseits nicht mehr aushielt.

»Sie haben mich nie danach gefragt«, stellte der alte Mann fest und deutete mit dem Kinn auf die Torte. »In der ganzen Zeit, in der ich sie Ihnen aufgedrängt habe, haben Sie mich nie gefragt, warum ausgerechnet eine Schwarzwälder Kirsch … So wie Sie taktvoll vermieden haben, mich hierauf anzusprechen«, fuhr Samuel fort, während er mit dem Finger auf die bläuliche Zahlenreihe auf der Innenseite seines Unterarms klopfte. »Das eine gibt es nicht ohne das andere. Die Torte und die Nummer, meine ich. Ich war zwölf. Da war diese Schwarzwälder Kirschtorte, die meine Mutter gebacken hatte, wie nur sie es konnte. Ich hatte gerade die erste Gabel genommen, als die Männer in den

Ledermänteln auftauchten. Darum ist das Letzte, was ich aus der Welt vor der Katastrophe behalten habe, das Bild dieser Torte. Der dunkle, mit Sahne und eingemachten Kirschen bedeckte Biskuitboden in der Mitte des Tisches und drumherum der Lärm der Stiefel, ihre barschen Befehle und die Schreie.«

Und dann erzählte Samuel zum ersten Mal im Leben von Sobibor. Es war, als ob die Tore einer riesigen Schleuse geöffnet würden. Er beschrieb ausführlich, wie das kleine ängstliche Tier, das er nach wenigen Wochen im Lager geworden war, überlebt hatte. Die menschenunwürdige Arbeit, der Hunger, die Flöhe, die Krankheiten, die Schläge und überall der Tod, der ständig um sie kreiste und immer wieder blind zuschlug. Während er sprach, sah die junge Frau die Angst in seine Augen zurückkehren.

»Wissen Sie, was mir geholfen hat, jene Hölle zu überleben, ist die Erinnerung an diese Torte und der Geschmack des ersten Bissens, der sich auf meiner Zunge festgesetzt hatte und den ich wie einen Glücksbringer bewahrt habe. Ihm ist es zu verdanken, dass ich durchgehalten habe. Wenn ich auf dem eisigen Bettgestell lag und vor Kälte und Hunger fast umkam, habe ich an diese Torte gedacht. Ich habe mir ihre cremige Textur vorgestellt, das köstliche Knacken der kandierten Kirschen, den luftigen Biskuitteig. Ich stellte mir vor, dass sie irgendwo auf mich wartete, frisch und weich wie am ersten Tag, und dass ich beim Essen mein vorheriges Leben wieder zurückbekäme. In dem Lager, umgeben von Gräueltaten, habe ich mir geschworen, Konditor zu werden, sollte ich lebend rauskommen. Ich hatte Glück. Und so habe ich danach vierzig Jahre lang in meinem Laden für meine Kunden Schwarzwälder Kirschtorten und alle Arten von Gebäck hergestellt, mit der naiven und albernen Vorstellung, dass jemand, der Kuchen mag, nicht von Grund auf schlecht sein kann. Und nach meiner Rückkehr aus dem Lager war ich noch von etwas anderem überzeugt: dass der Tod nie wieder mit mir spielen würde, dass er mich im entscheidenden Moment auslöschen würde wie die Flamme einer Kerze. Ich habe jedenfalls nicht vor, mich von ihm noch mal quälen zu lassen, wie er es monatelang mit dem Jungen aus der Baracke 48 im Vernichtungslager von Sobibor getan hat.«

Während er sprach, war Samuel aufgestanden und hatte einen großen Umschlag vom Küchenbüfett geholt. Nun zog er die Unterlagen daraus hervor und legte sie vor Manelle auf den Tisch.

Der jungen Frau lief beim Anblick des Wortes *Erlösung*, das in dunklen Lettern oben rechts auf der Mappe stand, unweigerlich ein Schauer über den Rücken. Sie hatte bereits von dieser Einrichtung für ärztlich begleiteten Freitod mit Sitz in der Schweiz gehört. Unheilbar Kranken, die den Schmerz, mit dem sie kämpften, hinter sich lassen wollten, wurde gegen Bezahlung ein tödlicher Cocktail angeboten.

Sie schaute sich das pastellfarbene Prospekt, das die Einrichtung pries, genauer an. Darauf waren Fotos mit lächelnden alten Menschen, die in sonnendurchfluteten Zimmern im Bett lagen, zu sehen. Die Werbung eines Reisebüros für die letzte Reise, dachte Manelle voller Abscheu. Sie konnte ein Zittern nicht unterdrücken, als sie den etwa zehn Seiten langen Vertrag entdeckte.

Es war die gleiche Art von Vertrag, den sie für den Schwangerschaftsabbruch hatte unterzeichnen müssen. Alles schien sorgfältig geplant. Datum und Uhrzeit für die verpflichtende medizinische Untersuchung bei einem Arzt, der den Gesundheitszustand des Anwärters auf das Ende überprüfen sollte, die Adresse, wo alles stattfinden sollte, die genaue Zusammensetzung der Giftmischung, der Name des Begleiters. Anhängend die Kopie der Krankenakte. Samuel hatte jede Seite mit seinen Initialen unterzeichnet. Ein Pakt mit dem Sensenmann, dachte Manelle und klappte die Mappe zu.

»Das Lichtlein auspusten, das ist alles, was ich will«, erklärte der alte Mann. »Die machen das gut, wissen Sie. Ich warte noch auf die Antwort des Bestattungsunternehmers, den ich wegen des Transports kontaktiert habe, ansonsten ist schon alles geregelt. Mein Vorzimmer zum Paradies wird in Morges am Genfer See sein«, witzelte Samuel ohne rechte Überzeugung. »Nächsten Montag geht's los. Es sind nur ein paar Tage. Wissen Sie, ich habe keine Familie mehr, ich habe niemanden außer Ihnen, und ich würde Sie wirklich gern an meiner Seite haben, Manelle.

Sie dürfen in meinem Anliegen bitte nicht die Laune eines senilen alten Mannes sehen. Ich bin mir im Klaren, dass so etwas nicht zu Ihren Aufgaben gehört, und ich würde es verstehen, wenn Sie ablehnen. Aber Sie sind die einzige Person auf der Welt, die ich um so etwas bitten kann.«

Manelle war aufgestanden. Das Embryogespenst in ihrem Innern schrie vor Schmerz.

»Ich habe dem Tod schon einmal geholfen, Monsieur Dinsky. Ich werde mich kein zweites Mal zu seinem Komplizen machen. Meine Aufgabe ist es, den Menschen beim Leben zu helfen, nicht beim Sterben«, rief sie mit Tränen in den Augen, bevor sie aus Dinskys Wohnung stürmte.

23

Was für eine Schönheit, dachte Ambroise, als er die junge Frau erblickte, die die Tür in dem Moment aufriss, als er gerade klingeln wollte, und ihn nun mit zornigen Augen anfunkelte.

»Ich weiß, wieso Sie hier sind, und ich hoffe, Sie sind stolz auf das, was Sie tun. Es ist abscheulich, hören Sie, abscheulich. Das ist Beihilfe zum Mord, anders kann man es nicht nennen. Ich frage mich, wie Sie morgens noch in den Spiegel schauen können. Sie sollten sich schämen, ja, schämen!«

Die letzten Worte hatte ihm die Frau fast ins Gesicht gespuckt, nun drängte sie sich mit Tränen in den Augen an ihm vorbei und rannte davon. Zurück blieb ein Duft von Vanille. Ihre Schuhe hallten laut auf dem nass glänzenden Pflaster, als sie durch den Regen zu ihrem Auto eilte. Zwei Versuche waren nötig, um ihren alten VW Polo zu starten, der erst stotterte und schließlich, eine graue Rauchwolke ausstoßend, ansprang. Die Reifen knirschten an der Bordsteinkante, bevor sie davonbrauste.

Als der erste Schock vergangen war, fragte sich Ambroise, ob er sich die flüchtige, nichtsdestoweniger bezaubernde Erscheinung nicht eingebildet hatte. Diese tiefschwarzen Locken, die zierlichen Brüste, die sich im Rhythmus ihrer Rede unter dem blassgrünen Kittel hoben und senkten, die Stimme, die, da war er sich sicher, sanft war, wenn die Wut sie nicht verzerrte, und dieser so fein gezeichnete Mund, aus dem ihre Worte gepurzelt kamen, existierten sie wirklich? Eine Schönheit. Trotz der unbeherrschten Empörung, mit der sie sich auf ihn gestürzt hatte, schwirrte ihm das Wort weiterhin im Kopf herum.

Ambroise hatte bei Angehörigen eines Verstorbenen bereits vielfältige Reaktionen auf seinen Beruf erlebt, darunter Argwohn, Scham oder Unverständnis – aber noch nie hatte er es mit so heftiger Ablehnung zu tun bekommen.

Die männliche Stimme, die ihn aufforderte einzutreten, riss Ambroise aus seinen Gedanken. Der alte Mann, der zu seiner Begrüßung mit bedächtigen Schritten den Flur entlangkam, war klein und eher schmächtig. Vielleicht fünfundfünfzig Kilo für eine Größe von etwas mehr als einem Meter sechzig, schätzte Ambroise. Trotz der Wärme im Haus trug er einen dicken Hausmantel und einen Wollschal um den Hals. Die tiefen Lachfältchen um seine Augen verliehen seinem Gesicht trotz des blassen Teints einen freundlichen Zug. »Von der Krankheit gezeichnet«, dachte Ambroise, als er die trockene und warme Hand schüttelte, die der alte Mann ihm reichte.

»Sind Sie vom Bestattungsunternehmen? Verzeihen Sie diesen Empfang«, nuschelte der Alte. »Das ist meine Schuld. Sie müssen Manelle verzeihen, sie ist eine so impulsive junge Frau.«

Manelle. Zwei Silben, die angenehm in seinen Ohren klangen. Ambroise fragte sich, wie man mit einem so weichen Vornamen eine solche Wut mit sich herumtragen konnte. Der alte Mann führte Ambroise ins Wohnzimmer. Schwere Vorhänge hielten das Sonnenlicht ab, sodass der Raum im Halbdunkel lag.

»Verzeihen Sie, aber das Tageslicht schmerzt mir in den Augen«, erklärte der Alte entschuldigend und schaltete das Deckenlicht ein. »Setzen Sie sich, Monsieur ...«

»Larnier. Ambroise Larnier«, antwortete er und ließ sich in den weichen Sessel fallen.

»Nun, ich denke, dass Monsieur Bourdin Ihnen erklärt hat, warum ich die Dienste Ihrer Firma in Anspruch nehme.«

»Ja. Es geht um die Rückführung der sterblichen Überreste Ihres Zwillingsbruders von der Schweiz nach Frankreich, nicht wahr?«

»Genau. Und hat er Ihnen auch gesagt, dass ich auf der Hin- und Rückreise dabei sein werde?«

»Ja, das hat er. Das ist kein Problem, unsere Dienstfahrzeuge sind mit höchst bequemen Sitzplätzen ausgestattet.«

»Sehr gut, perfekt. Ich habe Ihnen einen Scheck ausgestellt. Ich habe mit Monsieur Bourdin einen Vorschuss vereinbart, aber ich möchte lieber gleich die ganze Summe zahlen. Auch unsere Unterkunft ist bereits reserviert. Im Hotel Régent, für vier Nächte.«

Ambroise zog den Vertrag aus der Tasche, und Samuel unterschrieb ihn rasch. Ambroise räusperte sich verschämt.

»Es steht nicht im Vertrag, aber wir werden von einer ehrenamtlichen Helferin begleitet, die mit der Betreuung von Angehörigen beauftragt ist.«

Beth hatte ihre Freude darüber, an der Reise in die Schweiz teilnehmen zu dürfen, nicht verborgen. Sie war nicht mehr zu bremsen gewesen. Genfer See, Schweizer Schokolade, Fondue, Barschfilets, Rösti, Volksabstimmungen, Schweizer Berge! Ihr Enkel hatte die Begeisterung zu bremsen versucht, indem er sie an das oberste Ziel der Reise erinnerte, das darin bestand, einen Leichnam zu eskortieren, und nicht, wie sie es vorschlug, einen Blumenstrauß vor das Hôtel de la Paix in Genf zu legen, wo Mike Brant das erste Mal versucht hatte, sich das Leben zu nehmen. Zudem hatte er sie auf ihre improvisierte Rolle als Trauerbegleiterin vorbereitet. Da er seine Großmutter kannte, hatte er beharrlich wiederholt, dass er von ihr Mäßigung erwarte. »Übertreib es nur nicht«, hatte er mit Nachdruck gesagt. »Andächtiges Schweigen genügt. Und du musst nicht unbedingt erzählen, dass du meine Großmutter bist. Das wirkt nicht sehr professionell.«

Ambroise hatte mehrfach geübt, die Lüge sogar vor dem Spiegel im Bad aufgesagt. Trotzdem spürte er, wie ihm Hitze in die Wangen und Ohren schoss, als er Samuel Dinsky das Märchen nun auftischte. Lügen war nie seine Stärke gewesen und die Situation mehr als quälend für ihn.

»Seien Sie unbesorgt, Sie wird nicht in die Abläufe eingreifen, ihre Rolle beschränkt sich auf die Begleitung der Angehörigen. Ich hoffe, Sie haben nichts dagegen einzuwenden. Selbstverständlich werden die Kosten für sie vollständig von der Firma Bourdin übernommen«, schloss Ambroise, erleichtert, alles losgeworden zu sein.

»Das ist kein Problem«, entgegnete der alte Mann, »es beruhigt mich eher, dass Sie so professionell handeln. Ich werde für diese Person also ein zusätzliches Zimmer buchen, auf meine Kosten natürlich, doch, ich bestehe darauf. Sie haben sicher schon gegessen, aber erlauben Sie mir, Ihnen ein Stück Schwarzwälder Kirschtorte anzubieten.«

Ambroise, der seit dem Morgen nichts gegessen hatte, nahm gerne an. Der alte Herr gefiel ihm. Trotz seines offensichtlich geschwächten Zustands strahlte er eine sonderbare Gelassenheit aus. Er kam mit einem riesigen Stück Kuchen aus der Küche zurück und reichte es Ambroise. Eine Viertelstunde später verabschiedete sich dieser mit gefülltem Magen. Der alte Herr schien nicht nur reich, sondern auch extrem großzügig zu sein. Und seine Schwarzwälder Kirschtorte suchte ihresgleichen.

24

Die Scheibenwischer konnten die Wassermassen, die auf die Windschutzscheibe prasselten, nur mit Mühe zu Seite schaffen.

Sobald die Ampel grün wurde, schleuderte Manelle dem Wagen vor ihr ein wütendes Hupen entgegen. Worauf wartest du? Dass es aufhört zu regnen? Seit sie Samuels Haus verlassen hatte und auf dem Treppenabsatz dem Händler des Todes begegnet war, war Manelle nicht mehr zu beruhigen. Samuel hatte die alte Wunde aufgerissen und die Erinnerungen freigelassen, die nun wie schmutziges Blut aus ihrem Herzen sprudelten.

Der strahlende Sonnenschein an jenem Tag, die Glastüren, die lautlos hinter ihr zuglitten, die Wand, an der mit einem schrecklichen Gluckern ein Wasserfall runterfloss. Der Aufzug hatte sie ins Untergeschoss gebracht, weit weg von den sonnendurchfluteten, mit Blumen geschmückten

Zimmern im ersten Stock, wo Babys mit rosa und blauen Armbändern ihre glücklichen Mütter anglucksten oder krähten. Hier unten gab es nur kaltes Neonlicht. Es war ein Ort, an dem man sich nicht lange aufhielt, ein Ort, an den man sich heimlich begab, um ihn unter Schock und mit einer gewaltigen Leere im Bauch und im Herzen so schnell wie möglich wieder zu verlassen.

Trotz der lokalen Betäubung hatte sie gezittert, als das Spekulum eingeführt wurde. Sie hatte die Augen geschlossen, während die an den Apparat angeschlossene Kanüle die Leibesfrucht aussaugte und eine Leerstelle hinterließ, an der sich zukünftige Gewissensbisse einnisten konnten. Der Chirurg benötigte für seine Arbeit nur zehn Minuten, zu einem Pauschalpreis von vierhundertsiebenunddreißig Euro und drei Cent. Ein gewinnbringender Tod, von der Versicherung zu hundert Prozent erstattet. Als sie das Krankenhaus verließ, war sie einem anderen jungen Mädchen begegnet. Mit dem Gang einer Maschine, die Augen leer, ein Spiegel ihrer selbst.

Während der Regen stärker wurde, fasste Manelle den Entschluss, dass sie, wenn sie schon jenem Wesen nicht das Leben hatte schenken können, sie nun alles dafür tun würde, den Tod eines anderen Menschen aufzuschieben.

25

Ambroise hatte schlecht geschlafen. Beths Aufregung war ansteckend, und so hatte er erst in den frühen Morgenstunden Schlaf gefunden, kurz bevor um Punkt sechs Uhr die alte Standuhr seiner Großmutter mit lauten Schlägen wahrscheinlich das ganze Haus aufweckte. Selbst die kalte Dusche, die er sich auferlegte, reichte nicht aus, um ihn aus seinem komatösen Zustand zu reißen. Erst als er sich den großen Zeh heftig an der sperrigen Metalltruhe stieß, die mitten im Flur stand, war Ambroise vollständig wach. Laut fluchend humpelte er in die Küche.

»Was ist das für ein Ding?«, klagte er, während er sich den schmerzenden Fuß rieb.

»Die alte Militärtruhe deines seligen Großvaters.«

»Hättest du nichts Kleineres finden können? Wir machen doch keine Kreuzfahrt auf dem Nil.«

»Ich habe nie etwas Besseres gefunden, um meine

Sachen zu transportieren. Wenigstens sind meine Kleider und Mäntel nach der Reise nicht verknittert. Sie ist ein bisschen schwer, das gebe ich zu, aber was Solides hat auch sein Gewicht«, bemerkte Beth. »Und wir machen vielleicht keine Kreuzfahrt auf dem Nil, aber zu dieser Jahreszeit kann man nie wissen, was einen in der Schweiz erwartet. Ist es warm? Kalt? Die Schweiz bezieht nie Position, noch nicht mal beim Wetter.«

Hochzufrieden mit ihrer Beschreibung des Schweizer Klimas, öffnete Beth die Tür des Ofens und holte etwa zwanzig kleine, perfekt gebräunte *kouign-amanns* heraus und schob gleich eine zweite Fuhre hinein. Die ganze Wohnung roch nach warmer Butter. Ambroise verzehrte lustlos seine drei Scheiben Toast. Der Kater hockte, versunken in seine Morgentoilette, auf der Fensterbank und genoss die ersten Sonnenstrahlen.

Am Vortag hatte Ambroise die Zähne zusammengebissen, tief Luft geholt und war zu Odile Chambon gegangen. Die wäre beim Anblick ihrer großen Liebe, die leibhaftig vor ihrer Tür stand, beinahe in Ohnmacht gefallen. Nicht reingehen, auf keinen Fall reingehen, hatte Ambroise sich wiederholt, als er auf die Klingel drückte. Nur »Guten Abend, Odile, könnten Sie den Kater für ein paar Tage zu sich nehmen? Ja? Danke und auf Wiedersehen.«

Aber während der Befehl, auf keinen Fall einen Fuß auf das Minenfeld zu setzen, noch in seinem Kopf kreiste, hatte ihn Odile Chambon bereits am Arm gepackt und in ihre Höhle gezogen. Tee? Kaffee? Bier? Sekt? Setzen Sie sich, ich bitte Sie. Nicht setzen, auf keinen Fall setzen. Kaffee, danke. Mit Zucker, ohne Zucker? Nein, keinen Zucker, stotterte er. Sie hat die Augen einer Gottesanbeterin, dachte er, während er auf dem Sofa im Wohnzimmer Platz nahm. Los, sprich schnell, bevor sie dich frisst, Mann.

»Der Herbst ist dieses Jahr früh dran, finden Sie nicht? Ich habe gesehen, dass sie in der Rue de la Serpentine Bauarbeiten durchführen. Die Kanalisation, denke ich. Oder Kabel. Zurzeit verkabeln sie ja alles.«

Mehrere Minuten lang sprach Ambroise über alles Mögliche, zog eine schützende Mauer aus sinnlosen Phrasen hoch. Was machte Beth nur? Er hatte mit ihr vereinbart, dass sie, wenn er nach zehn Minuten nicht zurück wäre, nachkommen und ihn mit irgendeiner Ausrede befreien sollte. Als Ambroise die Themen gerade endgültig auszugehen drohten, schrillte laut die Klingel.

»Guten Abend, Odile. Könntest du kommen, Ambroise? Monsieur Bourdin ist am Telefon«, log seine Großmutter ganz schamlos.

Erleichtert verabschiedete er sich, nicht ohne Entschuldigung.

»Klappt es mit dem Kater?«, fragte ihn Beth, als sie gemeinsam nach oben gingen.

Ambroise schlug sich fluchend an die Stirn. Mist, der

Kater! In der Panik hatte er den Grund für seinen Besuch bei Odile Chambon vollkommen vergessen.

Beth nahm es schließlich auf sich, der Concierge ihr Anliegen vorzutragen. Der Gedanke, dass sie, wenn schon nicht das Herrchen, fünf Tage lang den Kater von Ambroise Larnier würde im Arm halten dürfen, begeisterte die Liebeskranke, und so sagte sie zu, sich um den Kater zu kümmern, noch bevor Beth ihren Satz beendet hatte.

Ambroise aß seinen letzten Toast und ging in das kleine Badezimmer und reinigte ausgiebig seine Instrumente. Danach verschloss er den Koffer und zog seine Jacke an, um den Wagen aus dem Depot zu holen.

»Ich bin in einer halben Stunde zurück, mach dich fertig. Ich habe mit Monsieur Dinsky besprochen, dass wir um Punkt zehn losfahren. Wir dürfen nicht vergessen, Madame Schön-Schöner-Chambon das Katzenstreu und das Trockenfutter vorbeizubringen.«

»Und den Kater, den sollten wir vor allem nicht vergessen«, zog Beth ihn auf.

26

Der Mercedes Vito stand für Ambroise auf dem Parkplatz der Firma bereit. Schnell waren die Schlüssel im Büro abgeholt und das Material aus seinem Pkw in den Kastenwagen geladen, und er fuhr nach Hause.

Beth wartete schon im Hauseingang. Sie war von Kopf bis Fuß in Schwarz gekleidet und hätte ohne Schwierigkeiten als trauernde Witwe durchgehen können, wäre da nicht der Korb mit dem Gebäck an ihrem Arm gewesen. Ambroise musste seine gesamte Überredungskunst aufwenden, um sie davon zu überzeugen, zumindest den Schleier vom Gesicht zu nehmen und die schwarzen Handschuhe abzulegen.

»Man muss sich schon entscheiden, ist man in Trauer oder ist man nicht in Trauer«, murrte sie, während sie den Tüllschleier und die Spitzenhandschuhe in ihrer Handtasche verstaute.

»Wir begleiten die Familie nur, Beth, wir sind nicht *la*

famiglia«, erklärte ihr Ambroise geduldig und ging nach oben, um die Militärtruhe zu holen.

Danach stieg er ein letztes Mal hinauf, um Kater, Katzenklo und Futter zur Nachbarin zu bringen. Odile Chambon erwartete sie schon auf dem Treppenabsatz und klimperte mit stark geschminkten Wimpern.

»Komm zu Odile, mein Häschen«, säuselte sie und riss Ambroise den Kater aus den Händen. »Mama wird sich gut um dich kümmern, du wirst sehen. Wir werden es uns richtig schön machen, wir zwei«, sagte sie und versuchte dabei mit ihren bunt schattierten Augen Ambroise' ausweichenden Blick einzufangen.

»Ich habe ihm einen *far breton* gemacht«, unterbrach Beth, die mit einer verpackten Auflaufform von der Straße hereinkam. »Ich stelle ihn auf die Anrichte. Aber geben Sie ihm auf keinen Fall alles auf einmal, sonst muss er sich eine Woche lang davon erholen.«

Auf der Fahrt zu Samuel Dinsky konnte Beth ihre Bedenken nicht kaschieren.

»Ich hoffe, das geht gut. Sie hat ihn Häschen genannt, hast du das gehört?«

»Unter uns gesagt, schien ihn das nicht besonders zu stören. Du bist nicht zufällig ein bisschen eifersüchtig?«

»Eifersüchtig, ich?! Worauf? Ich erinnere dich daran, dass ich Katzen nicht mag.«

»Und wenn sie recht hätte und er wirklich ein Hase ist, mit seinem kurzen Schwanz? Wir sollten ihm Karotten anbieten, wenn wir zurück sind.«

Beth schüttelte lachend den Kopf und sah dann zu ihrem Enkel hinüber. »Sag mal, dieser Monsieur Dinsky, was ist das eigentlich für einer?«

»Der alte Herr wirkt nicht viel besser in Form als sein verstorbener Zwillingsbruder, aber er ist charmant, du wirst sehen. Und seine Schwarzwälder Kirschtorte kann es mit deinem *kouign-amann* fast aufnehmen.«

»Glaubst du, er lässt mich vorne sitzen? Das Autofahren schlägt mir immer auf den Magen.«

»Es gibt hier vorne drei Sitze, falls du es noch nicht bemerkt haben solltest. Der Sitz hinten, neben dem Kühlkasten, ist für den vierten Sargträger gedacht.«

Das Tor stand offen. Ambroise parkte im Hof und bat Beth, im Auto zu warten.

Der Samuel Dinsky, der ihn begrüßte, schien noch schwächer als der, den er beim letzten Mal getroffen hatte. Sein viel zu großer Anzug schlackerte um den mageren Körper. Die weißen Haare, die spärlich sein Haupt bedeckten, waren sorgfältig gekämmt. An seiner Wange hing ein Rest Rasierschaum. Ambroise wagte nicht, ihn darauf hinzuweisen. Er nahm ihm sein Gepäck ab, ein Koffer halb aus Stoff, halb aus Leder, der überraschend leicht war.

Bevor er aus dem Haus ging, stand Samuel Dinsky unbeweglich im Wohnzimmer und ging dann noch einmal durch alle Räume, um sich zu vergewissern, dass er die Fensterläden richtig verschlossen und das Licht ausgeschaltet hatte. Nachdem er die Tür abgeschlossen hatte, legte er den Schlüssel unter einen Geranientopf am Eingang. Er verzog das Gesicht und griff nach Ambroise' Arm, um sich die wenigen Stufen von der Haustüre hinunterführen zu lassen. Das Tageslicht hatte seine Migräne verstärkt, die Sonnenstrahlen stachen ihm wie weißglühende Nadeln in die Augen.

Er drehte sich ein letztes Mal um und betrachtete mit zusammengekniffenen Augen das Haus, in dem er den Großteil seines Lebens verbracht hatte, dann wandte er sich resolut ab und setzte sich neben Beth, die auf den mittleren Sitz gerutscht war.

»Elisabeth«, stellte sie sich vor und hielt ihm ihre Hand hin, »Ihre Begleiterin.«

»Sehr erfreut, Madame. Samuel Dinsky, zu Ihren Diensten.«

»Sie erlauben?«

Beth zog ein Taschentuch aus ihrer Handtasche und wischte die Wange ihres Sitznachbarn ab.

»Mit meinem Mann war es das Gleiche. Es verging kein Tag, ohne dass er einen Rest Schaum im Gesicht hatte. Wenn nicht auf der Wange, dann am Ohr, am Kinn oder manchmal sogar auf der Nasenspitze.«

»Danke, Madame.«

»Beth, nennen Sie mich Beth, das würde mich freuen.«

»Danke, Beth.«

Morges lag sechs Stunden Autofahrt entfernt, sieben, wenn man die Pausen mitbedachte. Wenn alles gut lief, so hatte Ambroise ausgerechnet, würden sie das Hotel am Seeufer am Nachmittag erreichen. Er beglückwünschte sich zu der Entscheidung, am Vormittag loszufahren, nach dem morgendlichen Berufsverkehr und vor dem Mittagsstau. Rasch ließen sie die Vororte von Nîmes hinter sich und fuhren auf die Autobahn nach Norden.

»Machen Sie das schon lange?«, wandte Samuel sich an Beth.

»Was denn?«, fragte die alte Dame.

»Ihre ehrenamtliche Tätigkeit.«

»Nun, um ganz ehrlich zu sein: Sie sind der Erste für mich.«

Ambroise unterbrach die Unterhaltung, indem er hektisch den Knopf fürs Radio drehte und den Verkehrssender suchte.

»Müssen wir wirklich das Radio einschalten?«, fragte Beth ein wenig verärgert.

»Ich höre gern die Verkehrsnachrichten; falls es irgendwo einen Unfall oder Stau gibt, sind wir gewarnt.«

»Weil deine Augen dir das nicht sagen? Du bist mir ja ein schöner Fahrer.«

Ambroise warf seiner Großmutter einen finsteren Blick zu, die daraufhin beleidigt schwieg. Nur zehn Minuten später riss das Schild *Nächste Ausfahrt: Pont du Gard* Samuel aus seiner Lethargie.

»Verzeihen Sie, Monsieur Larnier, aber wäre es zu viel verlangt, wenn ich Sie bitte, einen Umweg über die Brücke zu fahren? Ich habe sie seit Ewigkeiten nicht gesehen.«

»Oh ja!«, rief Beth begeistert und klatschte in die Hände wie ein Kind, dem man eine Karussellfahrt versprochen hatte.

»Hm … es ist noch eine weite Fahrt, und ich würde gern vor Einbruch der Nacht ankommen.«

»Das ist kein großer Umweg. Und als ehrenamtliche Familienbegleiterin halte ich es für eine schöne Idee, die Monsieur Dinskys Leid nur lindern kann.«

»Samuel, nennen Sie mich Samuel.«

Die zwei alten Leute schienen gleich ein Herz und eine Seele zu sein. Überstimmt nahm Ambroise die Ausfahrt 23 Richtung Remoulins, nicht ohne seiner Großmutter einen weiteren vernichtenden Blick zuzuwerfen. Er hegte den Verdacht, dass sich die von ihm vorgesehene Ankunftszeit nicht zum letzten Mal nach hinten verschob.

Erst gegen Mittag fuhren sie weiter, nachdem Samuel einen allerletzten Blick auf die alten Steinbögen geworfen hatte, die sich vor dem azurblauen Himmel abhoben.

27

Den nächsten Halt forderten Beth und Samuel gemeinsam bei Kilometer sechsundneunzig, auf der Höhe von Montélimar Süd ein, weil sie ein dringendes Bedürfnis verspürten. Da die Bitten seiner Mitreisenden immer drängender wurden, sah sich Ambroise gezwungen, aufs Gas zu drücken und die nächste Ausfahrt zu nehmen.

»Ein Gewitter zieht auf, ich habe einen Blitz gesehen«, bemerkte Beth.

»Oh ja, ich habe ihn auch gesehen«, bestätigte Samuel.

»Komisch, und weit und breit kein Wölkchen«, stellte die alte Dame fest, als sie ihr Gesicht der Windschutzscheibe näherte, um den Himmel zu inspizieren.

»Vielleicht ein Wetterleuchten«, vermutete ihr Sitznachbar.

»Es sind nicht einmal zwanzig Grad. Das ist für ein Wetterleuchten nicht gerade warm. Und Wetterleuchten sieht man auch eher am Abend.«

Ambroise, der sich aufs Fahren konzentrierte, verzichtete darauf, den alten Herrschaften zu erklären, dass der Blitz, den sie gesehen hatten, nicht vom Himmel, sondern aus der Radaranlage stammte, die den Augenblick verewigte, in dem das Dienstfahrzeug von Roland Bourdin & Söhne mit stolzen hundertachtundfünfzig Stundenkilometern in die Falle gerauscht war.

Er nahm die Ausfahrt zur Raststätte Montélimar West und bog schwungvoll in den ersten freien Parkplatz ein. Dann sah er lächelnd zu, wie Samuel und Beth gemeinsam zu den Toiletten wackelten. Als er ausstieg, um sich ein wenig zu strecken, bemerkte er den apfelgrünen Wagen, der keine hundert Meter entfernt stand. Er hatte das gleiche Fahrzeug vorhin auf dem Parkplatz am Pont du Gard gesehen. Das war nichts Außergewöhnliches. Doch etwas irritierte ihn. Ein solches Grün vergaß man nicht, und Ambroise war sich sicher, den Wagen in der Vergangenheit schon gesehen zu haben, auch wenn er nicht mehr wusste, wo.

Beth unterbrach seine Grübeleien, als sie von der Toilette zurückkam.

»Ich glaube, wir haben ihn verloren«, verkündete sie besorgt.

»Was soll das heißen, wir haben ihn verloren?«

»Na, Samuel. Ich habe ihn nicht rauskommen sehen. Er sollte längst hier sein.«

»Rühr dich nicht vom Fleck, ich gehe nachsehen.«

Ambroise lief eilig über den Parkplatz zum Männer-WC. So schwach wie der über Achtzigjährige war, konnte man einen Zusammenbruch nicht ausschließen. Mehrmals seinen Namen rufend, bückte sich Ambroise, um unter den Kabinentüren hindurchzuschauen. Er rechnete damit, ihn bewusstlos, wenn nicht gar tot auf dem gekachelten Boden liegen zu sehen. Schließlich fand er den alten Mann am Eingang des Tankstellengeschäfts, wo er regungslos vor einem Ständer mit Sonnenbrillen verharrte.

»Monsieur Dinsky, wir müssen weiterfahren. Ist etwas nicht in Ordnung?«, fragte Ambroise erschrocken, als er die dicken Tränen sah, die dem Alten über die hohlen Wangen kullerten.

»Nein, nein, alles in Ordnung. Es wird schon gehen, es ist nichts, machen Sie sich keine Sorgen. Mich hat nur eine böse Erinnerung eingeholt.«

Der alte Herr wirkte tief erschüttert, Ambroise musste ihn auf dem Rückweg zum Wagen stützen. Dort wartete die besorgte Großmutter.

»Alles in Ordnung«, flüsterte er ihr in beruhigendem Tonfall zu und nahm seinen Platz hinterm Steuer ein. Er legte den Finger auf die Lippen, zum Zeichen für Beth, dass es besser war zu schweigen, bis der alte Herr sich gefangen hatte.

Als er den Wagen auf den Beschleunigungsstreifen lenkte, um sich in den Verkehrsfluss einzuordnen, sah er im Rückspiegel, dass der grüne Wagen ihnen folgte. Reiner Zufall, redete er sich ein, auch wenn er beim Anblick des Autos, das ihm seit ihrer Abfahrt an den Fersen hing, ein flaues Gefühl im Magen hatte. Es gab nur einen Weg, um sicherzugehen. So wie er es viele Male im Film gesehen hatte, ging Ambroise nach und nach vom Gas, verlangsamte von 130 auf unter 110, gab dann plötzlich Gas, bevor er erneut langsamer wurde. Das grüne Auto wurde im Rückspiegel erst größer, dann kleiner und wieder größer, alles im Rhythmus der wechselnden Geschwindigkeit seines Wagens, während der Fahrer mehr schlecht als recht versuchte, einen gleichmäßigen Abstand zu halten. Kein Zweifel, sie wurden verfolgt. Was konnte jemanden dazu treiben, eine so lange Strecke in ihrem Windschatten zu bleiben? Er persönlich hatte keine Feinde, trug keine wertvollen Geheimnisse mit sich herum, und das Gleiche galt bestimmt für seine Großmutter. Was war aber mit Samuel Dinsky? Führte er hinter der unschuldigen Fassade womöglich ein Doppelleben? Sie waren bereits über eine halbe Stunde unterwegs, bevor Beth ihn erneut aus seinen Gedanken riss.

»Es ist nach halb zwei. Ich weiß nicht, Samuel, was Sie dazu meinen, aber ich finde, wir sollten eine Pause machen und vielleicht etwas essen.«

»Hinter Valence halten wir an«, versicherte ihr Ambroise. »An der nächsten Raststätte gibt es ein Restaurant. Ist Ihnen das recht, Monsieur Dinsky?«

»Wie bitte, ein Restaurant? Sonst noch was?«, rief Beth entrüstet. »Ein Rastplatz reicht doch. Ich habe für alle einen Picknickkorb gepackt. Es gehört zu meinen Aufgaben als Familienbegleiterin, mich um das leibliche Wohl der Angehörigen zu kümmern«, fügte sie an ihren Enkel gewandt hinzu, den Schalk in den Augen.

»Aber Monsieur Dinsky ist der Komfort eines Restaurants vielleicht lieber als ein Picknick im Freien.«

»Überhaupt nicht, ganz im Gegenteil. Es ist Ewigkeiten her, dass ich draußen gegessen habe. Und auch wenn ich kaum noch Appetit habe, so wäre es mir eine Ehre zu probieren, was Sie für uns zubereitet haben, Beth«, sagte Samuel mit einem Lächeln.

Zwei gegen einen. Wieder einmal musste Ambroise sich der Mehrheit beugen. Als ein Schild auf den Rastplatz *Les Fruitiers* hinwies, reihte er sich auf der rechten Spur ein.

»Das ist mal ein schöner Name für einen Ort zum Picknicken«, freute sich die alte Dame.

Zu dieser Jahreszeit war der Parkplatz wie ausgestorben, und die wenigen Tische und Bänke, die verstreut auf der von vergangenen Besucherströmen plattgewalzten Wiese verteilt standen, waren alle unbesetzt. Ambroise parkte den Vito im Schatten eines Baumes und stieg aus. Weiter hinten, an der Zufahrt zum Rastplatz, hielt der Wagen ihres Verfolgers mit laufendem Motor. Ambroise entschied, ihn zu ignorieren, insgeheim hoffend, dass der Typ seines dummen Katz-und-Maus-Spiels irgendwann überdrüssig würde.

»Wo hast du den Korb hingestellt?«

»Hinten in den Kasten.«

»Was soll das heißen, in den Kasten? Welchen Kasten?«, rief Ambroise empört.

»Na, in den Kühlkasten, gibt es einen anderen? Wir haben das Glück, einen fahrbaren Kühlschrank zu haben und du willst nicht, dass ich ihn benutze, um meine Salate und Aufläufe vor der Hitze zu schützen?«

»Ich glaub's nicht!«, rief Ambroise mit erstickter Stimme und stürzte zur Heckklappe. Zu seiner großen Erleichterung war das große Kühlfach, das dem Transport der Leichen vorbehalten war, leer.

»Wie auf Knopfdruck, mein Ambroise«, sagte sie schmunzelnd zu Samuel. »Er war schon so, als er klein war. Naiv, ein Unschuldsengel. Wie hat sich sein Vater darüber aufgeregt, dass er sich immer so leicht reinlegen ließ, auch wenn das, unter uns gesagt, für eine reine Seele spricht. Entspanne dich, Ambroise, alles ist in der Kühltasche auf dem Rücksitz.«

»Sie kennen ihn anscheinend gut«, bemerkte Samuel, als er mit Beth die Wiese überquerte.

»Um ehrlich zu sein, ich bin seine Großmutter, aber pssst, bei der Arbeit möchte er lieber, dass unser Umgang rein beruflich ist.«

Sie wählten einen Tisch im Schatten, damit Samuel nicht zu sehr unter den Sonnenstrahlen leiden musste. Beth breitete ein großes Tischtuch mit Vichy-Muster aus und legte Besteck und Teller aus.

»Picknick ja, aber bitte zivilisiert. Papierdecken, Pappteller und Plastikbecher machen das Essen fade und den Wein schlechter. Ich habe selbst gemachte Remoulade, Gurkensalat und Rinderherz mit Mozzarella dabei«, verkündete die alte Dame, während sie nacheinander die Speisen präsentierte. »Hier haben wir Entenschmalz und Geflügelleberpastete. Wer Fisch möchte, für den habe ich Lachsterrine mitgebracht. Alles hausgemacht. Was den Käse betrifft, so dachte ich, dass ein weicher Affinois, ein Stück Tomme de Savoie und ein bisschen Brie ausreichen sollten. Und dazu eine Flasche Saint-Joseph. Ein Saint-Joseph passt doch gut, was meinen Sie?«

Angesichts dieser Fülle verschlug es Ambroise und Samuel die Sprache.

»Schaut nur, wie schön das Wetter ist! Der Herbst ist wirklich die beste Zeit für eine Reise«, stellte Beth fest und bestrich eine Scheibe Brot dick mit Schmalz.

»Die richtige Zeit für eine Reise«, wiederholte Samuel leise.

28

Wie versprochen ließ Samuel den von Beth zubereiteten Speisen Ehre angedeihen. Er probierte von allem etwas und ließ sich sogar eine zweite Portion Remoulade geben.

Beth bestand darauf, dass er an dem Saint-Joseph zumindest nippte, und er nahm schließlich den kleinen Schluck, den sie ihm eingeschenkt hatte, an.

Ambroise aß ein wenig abseits im Stehen und beobachtete aus den Augenwinkeln das grüne Auto. Auf die Entfernung konnte er durch die Windschutzscheibe nur einen dunklen Umriss erkennen. Als sie zum Käse kamen, musste Samuel einsehen, dass er, so köstlich das Essen auch war, die Fähigkeiten seines Magens offensichtlich überschätzt hatte. Der Schmerz hinter seinen Schläfen wurde stechend wie nie zuvor, und als ihm schlecht wurde, entschuldigte er sich, stand vom Tisch auf und wankte mit unsicheren Schritten in Richtung Toilette.

Beth hastete ihm hinterher und bot ihm ihren Arm an.

»Alles gut, ich mach das«, rief sie ihrem Enkel zu und führte Samuel zu dem dreißig Meter entfernten Gebäude.

Ambroise nickte und wandte sich wieder dem grünen Wagen zu, der sich in Bewegung gesetzt hatte und jetzt flott über den Parkplatz gefahren kam, bis er, was Ambroise am wenigsten erwartet hätte, mit knirschenden Reifen neben dem Mercedes Vito zum Stehen kam. Das Herz schlug ihm bis zum Hals. Instinktiv ballte er die Fäuste, bereit zuzuschlagen, falls es nötig sein sollte.

Der Motor stotterte zweimal, bevor er erstarb. Mit dem rauchenden Husten stieg ein Bild in Ambroise auf – das einer wütenden jungen Frau, die ihn in Tränen aufgelöst zur Seite stieß, nachdem sie ihn ausgiebig beschimpft hatte. Als die gleiche Frau nun aus dem Fahrzeug sprang und entschlossen auf ihn zukam, sagte er sich, dass sie noch schöner war als in seiner Erinnerung. Knapp ein Meter siebzig auf fünfundfünfzig Kilo, schätzte er mit geübtem Blick. Helle Tunika, Jeans, weiche Mokassins – ihre Kleidung vermittelte Entspanntheit, die ihre Haltung jedoch Lügen strafte. Sie funkelte Ambroise zornig an.

»Hören Sie, ich kenne ihn gut genug, um zu wissen, dass er sich nichts sagen lässt, aber denken Sie nicht, dass es andere Möglichkeiten gibt, mit diesem Problem umzugehen, als die, die Sie anstreben?«

»Ambroise. Ambroise Larnier«, stellte er sich vor.

Sie fuhr mit der gleichen Härte in der Stimme fort, ohne auf seine ausgestreckte Hand zu achten.

»Wie viel zahlt er Ihnen dafür? Wie viel? Das ist schon lustig, ich dachte, dass ein Bestattungsunternehmen für die Toten zuständig ist und sich nicht an den Lebenden vergreift«, sagte sie ironisch.

»Hören Sie, es bringt wirklich nichts, dass Sie sich aufregen. Wir handeln entsprechend der Wünsche von Monsieur Dinsky, so wie wir es mit unseren Kunden stets halten. Ich weiß nicht, von welchen anderen Möglichkeiten Sie sprechen, aber wir sind immer so verfahren, und ich sehe wirklich nicht, wo das Problem liegt.«

»Das Problem? Ich werde Ihnen sagen, wo das Problem liegt! Ich sehe einen alten Mann, der nicht wirklich in der Verfassung für eine so weite Reise ist, einen Mann, der vielleicht nicht mehr auf der Höhe seiner Urteilskraft ist und in seinem Vorhaben von Leuten ermutigt wird, deren einziges Ziel der Profit ist, Profit und nichts anderes.«

»Nun ja, ich gebe ja zu, dass Monsieur Dinsky seine Kräfte in Bezug auf eine solche Reise vielleicht ein wenig überschätzt hat und wir ebenso, aber …«

»Ha, seine Kräfte überschätzt! Wissen Sie überhaupt, was Sie da reden? Selbst ohne Fachmann auf dem Gebiet zu sein, sollte Ihnen klar sein, dass Menschen, die an einen solchen Punkt kommen, selten in olympischer Form sind.«

Sie hatte eine ganz eigene Art, die Dinge zu wiederholen, etwas, was sie in seinen Augen nur noch faszinierender machte.

»Es mag Sie schockieren – auch wenn es ohnehin so scheint, dass alles, was aus meinem Mund kommt, sie schockiert –, aber es ist nicht unsere Aufgabe, die Sonderwünsche eines trauernden Menschen zu bewerten. Und da an seinem Anliegen nichts Außergewöhnliches ist, haben wir es für selbstverständlich gehalten zuzusagen. Punkt.«

Es war das erste Mal, dass Ambroise sich so reden hörte. Was war das für ein heuchlerisches Geschwätz, wie ein Marktschreier? Das war typisch für Bourdin, nicht für ihn. Aber sie hatte ihn auch so weit getrieben, weil sie ihn anschrie, als wäre er der letzte Halsabschneider.

»Die Sonderwünsche eines trauernden Menschen. Bei Ihren vorgefertigten Phrasen könnte ich kotzen.«

»Hören Sie, Manelle ...«

»Ach, jetzt kennen Sie auch noch meinen Vornamen. Das ist ja wirklich die Höhe, Herr Totengräber kennt meinen Namen!«

»Ich bin kein Totengräber«, protestierte Ambroise schwach.

»Ach nein, natürlich nicht. Wie würden Sie denn gerne genannt werden? Herr Großorganisator im Bestattungswesen? Oder Monsieur Charon vielleicht, wie der Fährmann, der die Seelen der Toten in seinem vergammelten Kahn über den Styx bringt? Das würde zu Ihnen passen!«

Im selben Moment kam Samuel, von Beth gestützt, zurück und ließ sich auf die Bank fallen. Er hatte wieder etwas Farbe im Gesicht. Wie jedes Mal, nachdem er sich hatte übergeben müssen, war der Schraubstock in seinem Kopf etwas gelockert. Als er Manelle erblickte, hellte sich seine Miene auf.

»Haben Sie Ihre Meinung geändert?«, fragte er mit hoffnungsvoller Stimme.

»Auch wenn ich immer noch glaube, dass Sie einen Fehler machen, kann ich Sie doch nicht so im Stich lassen«, entgegnete Manelle und ergriff die Hände des alten Herrn. »Ich schäme mich, dass ich mich letztens einfach so aus dem Staub gemacht habe. Ich werde Sie begleiten – aber nur unter einer Bedingung, Monsieur Samuel-Ich-will-nichts-hören-Dinsky.« Sie näherte sich seinem Ohr und flüsterte: »Dass Sie mir erlauben, so oft sich mir die Gelegenheit bietet, Sie von Ihrem Vorhaben abzubringen.«

»Wenn das alles ist, was ich tun muss, um Sie an meiner Seite zu haben, gerne. Aber ich habe auch eine Bedingung«, entgegnete der alte Herr und zog Manelle außer Hörweite der anderen.

»Ich möchte, dass der wahre Zweck dieser Reise so lange wie möglich ein Geheimnis bleibt. Der junge Mann da, der im Übrigen sehr charmant ist, weiß nichts von meinem Vorhaben. Die offizielle Version ist, dass wir in die Schweiz fahren, um den Leichnam meines verstorbenen Zwillingsbruders abzuholen. Sonst nichts.«

Manelle verschlug es den Atem. »Sie meinen, dass dieser Kerl nichts von Ihren Absichten weiß, und auch nichts von der Organisation *Erlösung*? Dass er von dem Zweck der Reise nichts ahnt?«

»Absolut gar nichts.«

»Aber warum, um Himmels willen, haben Sie diese Geschichte mit dem Zwilling erfunden?«

»Warum? Weil es viel einfacher war zu lügen, als die Wahrheit zu sagen. Kennen Sie viele Bestattungsunternehmen, die gesagt hätten: Okay, wir fahren Sie lebend hin und nehmen Sie tot wieder mit, kein Problem. Auf dem Hinweg auf dem Vordersitz, auf dem Rückweg hinten im Kasten. In Hinblick auf die Berufsethik wäre das nicht akzeptabel. Darum habe ich mir gesagt, dass die Lüge keine Rolle mehr spielt, sobald ich Tatsachen geschaffen habe. Er wird keine andere Wahl haben, als meinen Leichnam mitzunehmen, damit der letzte der Dinskys im Familiengrab beigesetzt wird. Und ich habe genug bezahlt, damit die Firma, für die er arbeitet, sich moralisch verpflichtet fühlt, den Auftrag korrekt zu Ende zu führen.«

»Ich glaub es nicht!«, entfuhr es Manelle. »Samuel Dinsky, Sie sind der größte Lügner, den ich kenne«, schimpfte sie zärtlich und drohte ihm mit dem Zeigefinger, als rügte sie ein Kind.

»Wer ist das?«, fragte Beth ihren Enkel, während sie die Reste ihres Mittagessens wegräumte und dabei die junge Frau aus den Augenwinkeln musterte.

»Eine Fee, ein Dämon, vielleicht auch beides, ich habe keine Ahnung«, antwortete Ambroise verwirrt.

29

Beth ging zum Wagen und holte die Thermoskanne mit Kaffee und den Korb mit den kleinen bretonischen Butterküchlein heraus.

»Ein Essen ohne Nachtisch ist wie eine Messe ohne Abendmahl«, erklärte sie und stellte die karamellisierten Köstlichkeiten auf den Tisch.

Samuel wartete, bis die alte Dame sich gesetzt hatte, bevor er sie miteinander bekannt machte.

»Manelle, ich möchte dir gern Elisabeth vorstellen. Sie widmet sich der Trauerbegleitung von Angehörigen. Und das ist Ambroise, unser Fahrer, aber ihr hattet, wie mir scheint, ja schon Gelegenheit euch kennenzulernen.«

»Wenn man so will«, murmelte Manelle und knetete verkrampft ihre Hände.

Die plötzliche Veränderung in ihrem Verhalten brachte Ambroise ganz durcheinander. Ihre Feindseligkeit war wie durch ein Wunder verflogen, stattdessen schien sie peinlich berührt zu sein.

»Manelle hilft mir im täglichen Leben«, fuhr Samuel fort.

»Eine private Krankenpflegerin?«, fragte Beth.

»Nicht ganz, nein. Manelle ist, was man eine Seniorenbetreuerin nennt. Sie kommt täglich eine Stunde zu mir nach Hause, um mir bei den Dingen zu helfen, die ich in meinem Alter nicht mehr allein schaffe. In Wirklichkeit ist sie aber viel mehr als das. Sie hat aus dieser Stunde ein Vergnügen gemacht und ist inzwischen für mich die Enkelin, die ich nie hatte. Eine Enkelin, die jeden Tag kommt, um ihren Großvater zu besuchen, sich mit ihm zu unterhalten und manchmal mit ihm zu essen. Für diese Stunde lebe ich, wenn ich ihre Gegenwart genieße, ihre Stimme und ihr Lachen höre, erfahre, was sie aufregt und worüber sie sich freut. So war es für mich ganz selbstverständlich, sie zu bitten, mich bei unserem besonderen Ausflug zu begleiten. Da wusste ich ja noch nicht, dass mir eine so zauberhafte Begleitung zuteilwerden würde, Beth.«

Die Angesprochene errötete und wand sich vor Zufriedenheit.

»Zuerst wurde sie wütend und hat sich geweigert, da sie meinte, dass eine solche Reise in meinem Zustand der reine Wahnsinn sei. Aber ich glaube, sie hat nun verstanden, wie sehr mir dieses Vorhaben am Herzen liegt, und letztlich entschieden, uns zu begleiten«, sagte er und ergriff dabei Manelles Hand. Erschöpft, aber glücklich lächelte er sie an.

»Auch wenn ich immer noch denke, dass diese Reise alles andere als vernünftig ist«, erklärte sie und begegnete Samuels Blick mit ernster Miene.

Während der alte Herr sich wegen seiner Magenprobleme beim Nachtisch zurückhielt, konnte seine Seniorenhilfe nicht umhin, das Buttergebäck zu kosten. Da sie seit dem Frühstück nichts mehr zu sich genommen hatte, ließ Manelle sich gern überreden und griff danach gleich mehrmals in den Korb. »Die sind wirklich lecker!«, urteilte sie.

In jenem Augenblick wurde Manelle Flandin ohne es zu wissen Teil der guten Welt, zumindest den Kriterien der alten Dame entsprechend, die ihr gegenübersaß und sie wohlwollend betrachtete.

Als sie weiterfahren wollten, bestand Manelle darauf, Samuel in ihrem Wagen mitzunehmen. Bis Morges lagen noch fast vier Stunden Autofahrt vor ihnen. Vier Stunden, in denen sie ihre große Chance sah, den alten Herrn doch noch von seinem finsteren Vorhaben abzubringen.

Ihr VW Polo entschied jedoch anders. Als sie ihn anlassen wollte, stotterte der Motor nur kurz, bevor er endgültig erstarb. Der Geruch von Öl und Benzin hing in der Luft. Manelle schlug fluchend aufs Lenkrad.

»Scheiße, ich glaub es nicht, gerade jetzt muss mir das passieren. Das kann doch nicht wahr sein, verdammt!«

»Das ist nicht so tragisch, Manelle, es ist doch nur ein Auto«, tröstete sie der alte Herr neben ihr.

»Aber das ist nicht das Problem, verstehen Sie nicht?«, regte sie sich auf und versuchte weiter, den Anlasser zu betätigen.

»Hören Sie auf, das bringt nichts, der ist tot«, urteilte Ambroise.

Die große Pfütze mit Kühlflüssigkeit unter dem Auto sprach Bände.

»Ausgerechnet ein Kerl vom Bestattungsunternehmen muss mir sagen, dass er tot ist«, rief sie und lachte hysterisch. »Wollen Sie ihn nicht gleich begraben?«

Jammernd legte sie den Kopf auf das Lenkrad.

»Verdammt.«

Alle Hoffnungen, die sie in das lange Zwiegespräch mit Samuel gesteckt hatte, lösten sich schlagartig in Luft auf.

»Hören Sie, wenn es Ihnen nichts ausmacht, Ihren Wagen auf dem Parkplatz zu lassen ... wir passen problemlos alle vier in den Lei... in den Kastenwagen«, korrigierte sich Ambroise. »Und auf dem Rückweg können wir Ihr Auto abschleppen, wir finden sicher eine Lösung.«

Ja, und auf dem Rückweg sind wir sogar nur zu dritt, wenn man die Toten nicht mitzählt, wir werden es bequem haben, wir drei, hatte sie nicht übel Lust, dem Kerl, der in jeder Lebenslage gleichbleibender Stimmung zu sein schien, in seine Unschuldsmiene zu schleudern. Doch Manelle musste sich geschlagen geben, sie hatte keine andere Wahl, als das Angebot des jungen Mannes anzunehmen. So holte sie eine kleine Reisetasche aus dem Kofferraum, schloss das Auto ab und ging in Begleitung der zwei alten Leute zum Leichenwagen.

Ambroise klappte den zusätzlichen Rücksitz herunter. Erneut brach er eine Regel von Roland Bourdin & Söhne, die jeglicher Person, die nicht zur Firma gehörte, untersagte, in den Leichenwagen und anderen Dienstfahrzeugen mitzufahren.

Bevor sie sich setzte, blickte Manelle angewidert auf das Kühlfach, das den ganzen Raum hinter ihr einnahm.

»Das ist der Platz für den vierten Sargträger«, erklärte ihr Beth, die sich herumdrehte und der jungen Frau das Knie tätschelte, bevor sie Samuel dabei half, seinen Gurt zu schließen, glücklich, ihn erneut neben sich zu haben.

Bald war im Wagen das Schnarchen der beiden Alten zu hören, die das sanfte Brummen des Motors und die leise Musik aus dem Autoradio schnell in den Schlaf gewiegt hatten. Ambroise schaute auf der Suche nach Manelles Augen regelmäßig in den Rückspiegel, doch jedes Mal wich sie seinem Blick aus. Fast eine halbe Stunde lang wartete jeder darauf, dass der andere das Schweigen brach. Ihre Verlegenheit war beinahe greifbar. Schließlich war es Ambroise, der, als sie durch Grenoble fuhren, ins kalte Wasser sprang.

»Arbeiten Sie schon lange für ihn?«

»Ich hatte nie den Eindruck, für ihn zu arbeiten. Das Zusammensein mit ihm ist so angenehm und einfach. Er erhebt nie seine Stimme, ist immer aufmerksam, und immer öfter frage ich mich, wer hier eigentlich wem behilflich ist«, erklärte sie. »Und Sie, üben Sie diesen Beruf schon lange aus?«

»Fast fünf Jahre.«

»Und warum?«

»Warum was?«

»Warum die Toten und nicht die Lebenden?«

Er bemerkte einen Hauch von Sarkasmus in ihrer Stimme.

»In Wahrheit mache ich das nicht für die, die gehen, sondern für diejenigen, die bleiben. Die Thanatopraxis ist so …«

»Die was?«

»Die Thanatopraxis. Oder die Kunst des Einbalsamierens, wenn Ihnen das lieber ist.«

»Das machen Sie auch, die Toten einbalsamieren?«

»Das mache ich in erster Linie.«

»Ekelhaft!«, sagte sie und verzog angewidert das Gesicht.

»Was bilden Sie sich eigentlich ein?«, regte sich Ambroise auf. »Dass es zwei Sorten von Menschen gibt, die guten und die schlechten? Die, die sich um die Lebenden, und die, die sich um die Toten kümmern, Warmblüter und

Kaltblüter? Und nur weil ich meine Behandlung – ja, Mademoiselle, man spricht von Behandlung – auf Verstorbene, sterbliche Überreste, Kadaver, Leichen beschränke, nennen Sie es, wie Sie wollen, bin ich auf der gleichen Stufe wie der Wurm, der sie auffrisst, wenn ich nicht einschreite. Oh natürlich, nette Seniorenbetreuerinnen wie Sie können das nicht verstehen. Sie sind wie mein Vater davon überzeugt, auf der richtigen Seite zu stehen, und der Kerl gegenüber ist eine Nullnummer, so eiskalt wie die Leichen, mit denen er sich abgibt. Aber ich behandle Tote, eben weil ich zu sensibel bin, stellen Sie sich vor. Ich habe es mit den Lebenden versucht, aber ihre Schmerzen sind mir unerträglich. Ich hasse es, Menschen sterben zu sehen, können Sie sich das vorstellen? Und ich sage es Ihnen gerne nochmals, ich tue, was ich tue, für diejenigen, die zurückbleiben: um ihnen zu ersparen, dem Tod in seiner abstoßendsten Form zu begegnen. Wenn Sie mich also fragen, warum ich diesen Beruf ausübe, dann gebe ich Ihnen ein Beispiel: weil es für eine Mutter leichter ist, ihren Sohn auf die Stirn zu küssen, wenn er friedlich zu schlafen scheint, als den Rest ihres Lebens das Bild seines vom Tod entstellten Gesichts mit sich herumzutragen. Und wenn meine Antwort nicht Ihren Erwartungen entspricht, dann tut es mir leid, aber eine andere werden Sie nicht bekommen.«

Ambroise verstummte, die Augen auf den Horizont gerichtet.

Manelle sah in sein verschlossenes Gesicht, als sähe sie ihn zum ersten Mal. Und was sie sah, gefiel ihr. Der junge Mann, den sie für aalglatt und leicht durchschaubar gehalten hatte, hatte Facetten seiner Persönlichkeit gezeigt, von denen sie bis dahin nichts geahnt hatte. Hinter der Fassade des Weicheis verbarg sich in Wirklichkeit ein hochsensibler Mensch. Seine vor Zorn sprühenden Augen hatten Manelle nicht kaltgelassen.

»Verzeihen Sie, ich wollte Sie nicht kränken«, entschuldigte sie sich.

»Bitte, das macht nichts, ich hätte mich nicht so aufregen sollen, es tut mir leid.«

»Ich wollte Sie nicht verletzen.«

»Und ich …«

Da wachten Beth und Samuel kurz nacheinander auf und beendeten so den Entschuldigungsreigen. Sie streckten sich ausgiebig und baten den Fahrer um eine erneute Toilettenpause.

30

Es war bereits nach fünf, als sie an die Schweizer Grenze kamen. In gemächlichem Tonfall fragte der Zollbeamte Ambroise nach dem Grund ihrer Reise. Die sonderbare Truppe an Bord dieses Fahrzeugs, das ganz wie ein Leichenwagen aussah, hatte das Interesse des Uniformierten geweckt. Ambroise erklärte ihm, dass sie nach Morges fuhren, um Monsieur Dinskys Bruder nach Frankreich zu überführen.

»Wollen Sie die Autobahn nutzen?«, fragte der Zollbeamte und suchte die Windschutzscheibe nach der Vignette ab.

»Nein, wir haben vor, die Bundesstraße am See entlang zu nehmen.« Dieser Geizkragen Bourdin hatte unbedingt sparen wollen.

»Und Sie haben nichts zu verzollen?«, fragte der Beamte misstrauisch weiter.

Nur ein Glioblastom, war Manelle drauf und dran, ihm entgegenzuschleudern.

»Nein«, antwortete Ambroise, woraufhin Beth und Samuel seine Aussage mit heftigem Kopfschütteln bekräftigten, was den Mann noch misstrauischer machte.

»Würden Sie bitte den Kofferraum öffnen.«

Ambroise gehorchte, auch wenn er seine Verärgerung nicht verbergen konnte. Der Beamte ließ ihn seine Koffer öffnen und die gesamten Utensilien auspacken. Der Zöllner schaute sich die Instrumente und Fläschchen genau an und untersuchte die Absauggeräte, bevor er dem jungen Mann erlaubte, die Gerätschaften wieder einzuräumen.

»Kann ich bitte Ihre Papiere sehen, meine Damen und Herren?«

Der Beamte hatte beschlossen, übereifrig zu sein. Beth wurde nervös und brauchte mehrere Minuten, um ihren Ausweis zu finden, der zwischen Krankenversicherungskarte und Wahlausweis im Portemonnaie klemmte. Der Zollbeamte nahm die vier Dokumente sorgfältig auseinander.

»Monsieur … Dinsky, ist das richtig? Sie müssen daran denken, Ihren Ausweis zu erneuern, Monsieur Dinsky. Er ist vor sechs Monaten abgelaufen.«

Er übergab die Dokumente Ambroise und entließ sie mit einem großmütigen »Für dieses Mal ist es gut«.

»Wirklich toll, dieses Europa«, regte sich Beth auf, als sie weiterfuhren. »Habt ihr gesehen, wie er uns behandelt hat? Als wären wir Verbrecher. Und diese Art, alle von oben herab zu behandeln, mit seiner lächerlichen Kappe. Und dieses ›Für dieses Mal ist es gut‹ soll wohl heißen, dass wir nächstes Mal direkt ins Gefängnis müssen, ohne über Los zu gehen, wo sind wir denn hier?«

»In der Schweiz, Beth, in der Schweiz«, beruhigte sie Samuel freundlich.

Wie Ambroise es befürchtet hatte, steckten sie bald im Stau vor Genf fest und brauchten über zwanzig Minuten, um die Mont-Blanc-Brücke zu überqueren, aber immerhin hatte Beth so genügend Zeit, die Fontäne zu bestaunen.

»Nun, Sie mögen unsympathische Zollbeamte haben, aber ich muss zugeben, dass sie, was Fontänen betrifft, die Besten sind!«, sagte sie anerkennend, die Augen auf den glitzernden Strahl gerichtet, der hoch in den Himmel schoss.

Zwischen Genf und Morges wurde es ruhiger, und so bog der Mercedes Vito kurz vor neunzehn Uhr auf den Parkplatz des Hotels Régent ein, gerade als die Nacht sich über den See legte.

Sie traten in die riesige Hotellobby. Große Spiegel hingen an den Wänden. Von der Decke fiel sanftes Licht und verlieh den Marmorsäulen einen warmen Schimmer. Ihre Schritte wurden durch einen flauschigen Teppich gedämpft. Alles strahlte diskreten Luxus aus. Der Rezeptionist bestätigte ihre drei Reservierungen. Zimmer 101 im ersten Stock für Samuel, die 103 für Beth und die 236 im zweiten Stock für Ambroise. Da das Hotel ausgebucht war, bot Beth Manelle an, das Zimmer mit ihr zu teilen. Die junge Frau nahm dies gern an.

»Wenn sie bei der Größe der Zimmer ebenso großzügig sind wie bei der Rezeption, werden wir uns wohl nicht auf die Füße treten«, scherzte die alte Dame.

Der Page, der ihr Gepäck hinauftrug, konnte angesichts von Beths Militärtruhe sein Erstaunen nicht verbergen.

»Das ist doch wenigstens mal was anderes als die ewigen Louis-Vuitton-Taschen«, tröstete sie ihn.

Manelle begleitete Samuel in sein Zimmer. Am Ende seiner Kräfte, ließ sich der alte Mann auf der Bettkante nieder.

Manelle fühlte seine Stirn. Sie war schweißgebadet.

»Sie haben Fieber. Haben Sie Ihre Medikamente dabei?«

»Ja, die Pillendose ist im Kosmetikbeutel. Ich frage mich, warum ich sie mitgenommen habe. Ein dummer Reflex.«

»Ich werde Ihnen sagen, warum Sie diese Pillendose mitgenommen haben, Samuel: weil Sie in Ihrem tiefsten Innern daran glauben, dass das Leben doch noch lebenswert ist. Da ist etwas, das Ihnen sagt, dass Tage wie dieser es vielleicht trotz der Schmerzen wert sind, gelebt zu werden.«

»Wenn Sie es sagen«, murmelte Samuel kraftlos.

»Wollen Sie etwas essen?«

»Keinen Hunger.«

»Sie müssen sich hinlegen«, befahl sie ihm sanft und

reichte ihm zwei Tabletten mit einem Glas Wasser. »Sie sind erschöpft. Und duschen können Sie morgen.«

Manelle half ihm beim Auskleiden. Ohne falsche Scham zog sie ihm Hose, Socken, Hemd und Unterhemd aus, schob seine Unterhose herunter und streifte ihm den Schlafanzug über.

»Unterstehen Sie sich, die Situation auszunutzen«, scherzte sie dabei, »wenn Sie nicht wollen, dass ich mich wehre und Hilfe schreiend das ganze Hotel aufwiegle.«

»Ich kenne einen jungen Adonis, der nur darauf wartet, Ihnen zu Hilfe zu eilen«, neckte Samuel sie mit müder Stimme.

»Mir sind alte Herren mit vollen Taschen lieber«, flüsterte sie ihm schelmisch zu, während sie die Decke auf beiden Seiten feststeckte.

»Die Dame von der Organisation holt mich morgen um zehn Uhr ab und bringt mich für die Untersuchung zum Arzt. Ich zähle wirklich darauf, dass Sie mich begleiten«, sagte Samuel und umklammerte dabei Manelles Hand.

»Versprochen, aber Sie wissen, ich mache das nur, weil ich die Alten mit Zaster am liebsten hab«, schloss sie, küsste ihn auf die Stirn und ging hinaus, bevor er ihre Tränen sah.

Im Nachbarzimmer fand Manelle eine euphorische Beth, die damit beschäftigt war, ihre Kleider einzuräumen.

»Haben Sie das gesehen? Ein Schrank, in den man hineingehen kann, das ist verrückt!«

»Deshalb nennt man das einen begehbaren Kleiderschrank, Elisabeth.«

»Beth, bitte nennen Sie mich Beth. Ich habe meinen Vornamen nie gemocht. Das klingt so brav, Elisabeth, finden Sie nicht? Es ist schon komisch, wenn man darüber nachdenkt: Elisa, das klingt schön, das ist leicht, luftig, aber sobald man das Beth anhängt, puff, als ob es sich zusammenpresst und zu Boden fällt. Sie müssen Ihren Namen mögen. Er klingt so schön … Manelle.«

»Ja, nur dass die Jungs in der Schule mich immer *mamelle* – Euter – genannt haben.«

Ein Klopfen an der Tür unterbrach sie.

»Herein.«

»Montags rechter Arm, da wird es warm«, trällerte Ambroise, als er ins Zimmer trat.

»Oh, das habe ich vollkommen vergessen«, gestand die alte Dame beschämt und holte eilig das Täschchen mit dem Insulin.

»Wie Sie sehen, kümmere ich mich nicht nur um tote alte Menschen, ich pikse bei Gelegenheit auch lebende alte Menschen«, sagte Ambroise herausfordernd, während er seiner Großmutter die Injektion verabreichte.

»Und mit den jungen, was machen Sie mit denen?«, schoss Manelle zurück.

Beth konnte sich ein Lächeln nicht verkneifen, als sie die verblüffte Miene ihres Enkels sah.

Der streckte jedoch bereits die Waffen, noch bevor der Kampf begonnen hatte.

»Treffen wir uns unten zum Essen?«

»Samuel isst nicht zu Abend. Ich habe ihn ins Bett gebracht, er war zu erschöpft.«

»Das gilt auch für mich, Kinder. Die Fahrt hat mich ausgelaugt. Ich glaube, dass ich jetzt schlafen sollte, wenn ich für die kommenden Tage bei Kräften sein will. Ich werde mir noch ein oder zwei kleine Butterkuchen gönnen, bevor ich mich hinlege, mehr brauche ich nicht. Kümmert euch nicht um mich.«

»Okay, dann warte ich unten in der Lobby auf Sie«, sagte Ambroise an Manelle gewandt und verließ das Zimmer, nicht ohne seine Großmutter auf die Stirn geküsst zu haben.

»Ist er immer so umsichtig mit Ihnen?«, fragte Manelle die alte Dame, als er gegangen war.

»Er ist wirklich der liebste und charmanteste junge Mann, den ich kenne und ich sage das nicht, weil er mein Enkel ist. Und wenn ich sehe, wie er sich seine Arbeit zu Herzen nimmt, dann muss man sagen, dass die Toten, die bei ihm landen, wirklich großes Glück haben.«

31

Ambroise hatte bereits eine Viertelstunde lang die Speisekarte des Hotelrestaurants studiert, als Manelle hereinkam. Sie hatte sich umgezogen und trug nun eine weiße Bluse, über den Schultern eine blaue Strickjacke, dazu dunkle eng anliegende Hosen und Stoffschuhe. Ein wenig Kajal betonte ihre Augen.

»Solche Diamanten brauchen keine Fassung, um zu strahlen«, hatte ihr Beth versichert, als sie sich schminkte.

»Möchten Sie hier essen?«, fragte Ambroise. »Um ehrlich zu sein, ist das Restaurant etwas zu schick für meinen Geschmack, und die Preise sind wie der ganze Rest: maßlos. Wenn Sie also nicht darauf bestehen, in einem Voltaire-Stuhl zu sitzen und von einer Horde Kellner umschwirrt zu werden, die Ihnen jeden Wunsch erfüllen, dann schlage ich ein Restaurant am Seeufer vor, keine fünfhundert Meter von hier entfernt, das sehr nett sein soll. Was denken Sie?«

»Wie Sie möchten, ich habe eigentlich keinen großen Hunger. Die buttrigen bretonischen Köstlichkeiten Ihrer Großmutter sind teuflisch sättigend.«

Als sie aus dem Hotel traten, empfing sie die kühle Seeluft. Sie gingen am Ufer in Richtung Yachthafen, diesem Wald aus unbeweglichen Masten, der in der Ferne in die Nacht ragte. Dunstfetzen trieben über das dunkle Wasser des Sees. Am gegenüberliegenden Ufer glitzerte die Stadt Evian.

Ein zu schöner Ort zum Sterben, dachte Manelle erschauernd.

»Wollen Sie meine Jacke?«, bot Ambroise an.

»Nein, es geht, danke. Ich glaube, wir sind ohnehin da.«

Das Restaurant wirkte einfach und gemütlich. Eine große Fensterfront ging zum See hinaus. An diesem Montag außerhalb der Saison waren nur ein paar Tische besetzt, und sie konnten ihren Platz frei wählen.

»Ist es Ihnen hier recht?«, fragte Ambroise, nachdem er einen Tisch ins Auge gefasst hatte, der den besten Blick auf den nebligen See bot.

»Sehr gut.«

»Möchten Sie etwas trinken?«

»Ich glaube, das würde mir ganz guttun.«

»Wein? Ein Glas Weißwein?«

Ambroise bestellte zwei Gläser Chardonnay.

»Ich mache mir Sorgen um Monsieur Dinsky«, sagte er

nach einem Moment des Schweigens. »Er scheint in keiner guten Verfassung zu sein.«

»Ja, und das wird sich auch nicht mehr ändern«, bestätigte Manelle und wendete den Blick ab, um ihre Gefühle zu verbergen.

»Wieso das?«, hakte Ambroise nach.

Sie wartete, bis der Kellner ihre beiden Gläser gefüllt hatte, bevor sie antwortete.

»Samuel hat einen inoperablen Gehirntumor. Es bleiben ihm nur noch wenige Wochen zu leben.«

»Ach, du Scheiße …«

In diesem spontanen Ausbruch steckte so viel ehrliche Anteilnahme, dass Manelle ihn neugierig betrachtete.

»Er wird seinem Zwillingsbruder ins Grab folgen«, sagte Ambroise nach einer Weile.

»Das wird schwierig sein.«

»Wieso? Sie haben mir doch gerade gesagt, dass ihm nur noch wenige Wochen zu leben bleiben …«

»Ja, das stimmt. Ein paar Wochen, wenn wir optimistisch sind. Nein, wenn ich Ihnen sage, dass es schwierig sein wird, dann spreche ich von seinem Zwilling.«

Manelle trank einen Schluck, um Mut zu fassen. Sie hatte Samuel versprochen, das Geheimnis so lange wie möglich zu bewahren, aber nun war sie am Ende von »so lange wie möglich« angelangt. Sie wollte die Last nicht mehr allein tragen, wollte sie gerne teilen. Und der Mann, der ihr in diesem Augenblick gegenübersaß, war vielleicht der Richtige, um die Wahrheit zu hören. Ein Kellner trat an den Tisch, um die Bestellung aufzunehmen.

»Später bitte, danke«, wies ihn Ambroise höflich ab.

Manelle atmete tief durch, bevor sie fortfuhr.

»Samuel Dinsky hatte nie einen Bruder, geschweige denn einen Zwillingsbruder«, sagte sie in einem einzigen Atemzug.

»Wie, er hatte nie einen Bruder? Und was ist mit dem Leichnam, den wir nach Frankreich überführen sollen?«

»Das ist … Samuel.«

Es war heraus. Manelle atmete auf. Doch wie erwartet, nahm Ambroise die Wahrheit eher schlecht auf. Sie selbst hätte nicht anders reagiert.

»Moment mal! Wollen Sie mir etwa sagen, dass es keine Leiche gibt, die wir transportieren sollen, stimmt das? Dass der Leichnam, für den wir hergekommen sind, der von Samuel Dinsky sein wird, ein trotz allem quicklebendiger Achtzigjähriger mit einem Gehirntumor, der, wenn sich die Ärzte nicht irren, ihn innerhalb von ein paar Wochen umbringen wird?«

An den benachbarten Tischen drehten sich ihnen irritierte Gesichter zu, was Ambroise jedoch ignorierte.

»Ich finde Sie ja sehr nett, aber deswegen lasse ich mich noch lange nicht verarschen!«

»Haben Sie schon einmal etwas von ärztlich begleitetem Suizid gehört?«, fragte sie ihn ruhig.

»Na ja, davon gehört schon, klar.«

»Nun, das ist die Wahl eines zweiundachtzigjährigen alten Mannes, der nicht will, dass der Tod ein weiteres Mal mit ihm spielt, wie er es schon einmal in der Vergangenheit getan hat. Das sind seine eigenen Worte, Ambroise: Er will nicht, dass er ein weiteres Mal mit ihm spielt. Samuel wurde mit seiner Familie deportiert und hat als Kind die Schrecken eines Vernichtungslagers erlebt. Hunger, Krankheit und Tod umkreisten ihn, streiften ihn, holten ihre Opfer, ohne jemals ihn auszuwählen. Stellen Sie sich diesen zwölfjährigen Jungen vor, wie er die Brillen derjenigen einsammeln musste, die man in die Gaskammern schickte. Stellen Sie sich einen Augenblick vor, was er erleben musste, was er beim Anblick der Schlangen von Menschen, die ihm ihre Gestelle hinhielten, gefühlt haben muss.«

Mit einem Schaudern sah Ambroise das Bild von Samuel vor sich, wie er sprachlos vor dem Brillenständer an der Tankstelle gestanden hatte. »Mich hat nur eine böse Erinnerung eingeholt«, hatte der alte Mann zu ihm gesagt und seine Tränen abgewischt.

»Er hatte Zweifel, und zu Recht, wie ich glaube, dass ein Bestattungsunternehmen wie das Ihre sich wissentlich zum Komplizen seines Vorhabens machen lassen würde. Er hat Sie nur angelogen und einen Zwillingsbruder erfunden, weil es für ihn die einzige Lösung war, um sein Leben zu beenden. Um sich hierherbringen zu lassen, in eines der wenigen Länder, in denen der ärztlich begleitete Suizid erlaubt ist, dem Tod ein Schnippchen zu schlagen und sich dann nach Hause zurückbringen zu lassen. Nun, jetzt wissen Sie alles, was ich weiß«, schloss Manelle und nahm einen großen Schluck.

»Ach, du Scheiße …«, sagte Ambroise zum zweiten Mal an diesem Abend.

»Eine Organisation mit dem Namen *Erlösung* wird sich um ihn kümmern. Morgen früh wird jemand ins Hotel kommen, um Samuel zur ärztlichen Untersuchung zu bringen. Anschließend wird er zu dem Apartment gehen, wo am Ende des Nachmittags seine …« Sie schluckte das Wort »Exekution« herunter, das ihr auf den Lippen lag. »Er möchte, dass ich ihn begleite, aber …«

Manelle konnte nicht weitersprechen und brach in Tränen aus. In dem Augenblick hatte Ambroise das dringende Bedürfnis, aufzustehen und sie in den Arm zu nehmen, ihr Haar zu streicheln und die Tränen wegzuküssen, die ihr jetzt über die Wangen liefen. Ihr zu sagen, dass er nun bei ihr sei, und auch morgen noch und an allen anderen Tagen, für immer. Stattdessen saß er vor lauter Schüchternheit wie versteinert an seinen Stuhl gefesselt und begnügte sich damit, ihr seine Serviette zu reichen, damit sie ihre Tränen selbst trocknen konnte.

»Danke. Wissen Sie, ich kann mich an den Gedanken

einfach nicht gewöhnen. Ich glaube eigentlich fest daran, dass man der Natur ihren Lauf lassen muss. Dass bei all dem Schmerz, der ihn auffrisst, es doch immer noch helle Momente geben muss, die es zu erleben gilt. Und außerdem hat man ja auch schon gesehen, dass Menschen geheilt wurden, das kommt vor, oder nicht?«

»Ist das mit dem Tumor sicher? Es gibt keinen Ausweg? Ist definitiv keine Operation möglich?«

»Definitiv. Der Neurologe war sehr deutlich. Was das betrifft, ist die Sache erledigt. Sein Zustand verschlechtert sich rasend schnell. Vorhin hatte er erneut Fieber, und es wird immer schwieriger, es zu senken. Ganz zu schweigen davon, dass er fast alles, was er isst, wieder erbricht. Und er hat mir vorhin noch gestanden, dass er nicht mehr scharf sieht und manchmal sogar doppelt.«

Ambroise schwieg. Was blieb einem dazu überhaupt noch zu sagen? Angesichts ihres Schluchzens ergriff Ambroise schließlich aber doch wieder das Wort.

»Ich glaube, dass man seine Entscheidung respektieren muss, Manelle. Sie sollten Ihre persönliche Meinung außen vor lassen und Samuel gehen lassen, wie er es sich vorstellt. Und wenn es sein letzter Wunsch ist, Sie an seiner Seite zu haben, dann müssen Sie ihn begleiten. Wir begleiten ihn zusammen, wenn Sie möchten.«

Manelle schwieg. Eine stille Kapitulation, dachte sie bitter. Aber im Grunde wusste sie, dass Ambroise recht hatte. Und morgen würde sie Samuel Dinsky begleiten, bis zum Schluss.

Als der Kellner sich erneut nach ihrer Wahl erkundigte, hatten sie immer noch nicht in die Karte geschaut. Inzwischen war Ambroise der Appetit vergangen.

Mehr der Form wegen bestellten sie Felchen nach Müllerinart, die Spezialität des Hauses, und ein zweites Glas Wein. Anfangs aßen sie nur kleine Bissen, ohne Überzeugung, dann kehrte nach und nach das Leben in sie zurück. Es kehrte zurück mit dem zarten Fleisch des Fisches, den knusprigen Ofenkartoffeln, dem fruchtigen Wein, dem Lachen an den umstehenden Tischen und den funkelnden Lichtern an den Berghängen über dem See. Leben kehrte in ihre Augen und Farbe in ihre Wangen zurück. Und dann sprachen sie, erzählten einander von sich, überraschten einander mit einem Lächeln, sogar einem Lachen, und schoben eine Zeit lang den unerträglichen Gedanken an das, was sie am nächsten Tag erwartete, von sich.

Als sie aus dem Restaurant traten, hatte sich der Nebel über dem See verdichtet und verhüllte das gegenüberliegende Ufer. Ambroise zog seine Jacke aus und legte sie der vor Kälte zitternden Manelle über die Schultern. Sie beeilten sich, zurück zum Hotel und in die geheizte Lobby zu kommen. Als sie in den Aufzug stiegen, schmiegte sich Manelle an Ambroise, legte ihren Kopf an seine Schulter.

»Ich will heute Nacht nicht allein sein«, flüsterte sie. »Lass mich nicht allein, bitte.«

Ambroise zog sie in seine Arme, sog den Duft ihres Haars ein. So standen sie umschlungen in der Aufzugkabine, außerhalb von Zeit und Raum. Und kaum hatte sich die Tür des Zimmers 236 hinter ihnen geschlossen, küssten sie einander stürmisch. Ihnen war schwindelig vom Wein und der Lust, die in ihren Adern brannte, und mit jeder Faser sehnten sie sich nach dem anderen. Ohne das Küssen zu unterbrechen, zogen sie einander aus, fielen aufs Bett. Während Ambroise Manelles BH aufhakte, streifte sie ihm die Boxershorts ab.

»Mach das Licht an, bitte. Ich will dich sehen«, flüsterte Manelle ihm ins Ohr.

Der gelbe Schein der Wandleuchten drängte die Schatten zurück, legte sich über ihre lang gestreckten Körper, ließ ihre Augen funkeln und verlor sich zwischen ihnen. Manelle streichelte seine Schultern, küsste seine Brust. Ambroise umfasste sanft eine ihrer Brüste, während die andere Hand zwischen ihre Schenkel glitt. Er erschauderte, als sie seinen Nacken küsste. Seine Berührungen sandten Blitze durch ihren Körper, sie zog ihn näher an sich heran, hielt seine Hand zwischen ihre Beine gepresst.

»Nimm mich«, hauchte sie ihm ins Ohr, bevor sie an seinem Ohrläppchen knabberte.

Und so trieben sie gemeinsam durch den Sturm, der

in ihnen tobte, bis sie endlich erlöst wieder auf das weiße Laken sanken, Seite an Seite, schwer atmend und beide von einem zeitlosen Glück erfüllt.

32

Im Laufe der Nacht liebten sie sich noch dreimal, jedes Mal mit der gleichen Lust, bevor Manelle am frühen Morgen in Zimmer 103 zurückkehrte. Sie wollte nicht, dass sich Beth Sorgen machte, wenn sie beim Aufwachen ihre Abwesenheit entdeckte. Leise schlüpfte sie unter die Bettdecke neben die Schlafende, deren gleichmäßiges Schnarchen sie kurz darauf ebenso in den Schlaf wiegte.

Wie vereinbart, wurden sie von der Rezeption um acht Uhr geweckt.

»Hatten Sie einen schönen Abend?«, fragte Beth mit einem verschwörerischen Lächeln, da ihr trotz ihres Schnarchens nicht entgangen war, zu welch später Stunde Manelle in ihr Bett gefunden hatte.

»Wundervoll, ja. Die Fischfilets waren ausgezeichnet, und es ist wirklich schön am Seeufer.«

Beth hegte keinen Zweifel, dass »wundervoll« ein wenig

mehr bedeutete als Fischfilets und ein Spaziergang am Seeufer, aber sie ließ sich nichts anmerken.

Während sich die alte Dame zurechtmachte, ging Manelle ins benachbarte Zimmer, um nach Samuel zu schauen. Sie gab ihm einen Kuss auf die Stirn. Das Fieber war erneut gestiegen.

»Heute Abend wird es besser«, sagte Samuel ironisch.

Sie führte ihn ins Badezimmer und überließ es dem alten Herrn, sich zu waschen, während sie seine Kleidung zurechtlegte. Pastellgrünes Hemd, schwarze Hose, dunkelgrüne Jacke. Grün, die Farbe der Hoffnung, dachte sie. Er ließ sich folgsam ankleiden. Die Erschöpfung war die gleiche wie am Vortag, wenn nicht noch stärker. Wie die Medikamente, so brachte auch die nächtliche Bettruhe inzwischen keine Linderung mehr. Manelle bat ihn, sich hinzulegen und auszuruhen.

»Ich komme gleich wieder«, versicherte sie ihm, »ich will nur kurz duschen und mich fertig machen.«

Als sie zurückkam, schien er zu schlafen. Wie er so regungslos in seinem Anzug auf dem Bett lag, die Hände auf der Brust gefaltet, glaubte sie eine Schrecksekunde lang, dass der Tod, ein unberechenbarer Gegner, seinen Plänen zuvorgekommen sei. Sie streichelte seine Wange, strich mit der flachen Hand die rebellische Strähne glatt, die sie bei jedem ihrer Besuche bändigen musste.

Da öffnete er die Augen und schaute sie an, ohne sie zu erkennen. Es waren die Augen eines Menschen, der sich im Nirgendwo befindet.

»Ich bin es: Manelle«, murmelte sie sanft. »Die anderen warten unten mit dem Frühstück auf uns. Wir müssen uns stärken, es wird ein langer Tag.«

Sie biss sich auf die Zunge. Wie konnte ein letzter Tag auf Erden lang genug sein?

Sie fanden Ambroise und seine Großmutter im Restaurant, wo sie schon an einem gedeckten Tisch ganz in der Nähe des Büfetts Platz genommen hatten. Manelle begrüßte den jungen Mann mit einem flüchtigen Kuss auf die Wange.

»Das Geheimnis eines guten Briocheteigs ist wie eine schöne Liebesgeschichte«, erklärte Beth und deutete auf den mit Backwaren gefüllten Teller auf dem Tisch. »Er muss eine ganze Nacht gehen, das macht ihn so locker und unwiderstehlich.«

Ambroise und Manelle tauschten errötend Blicke. Beth, keineswegs verlegen, tätschelte Samuels Hand und stand auf, um ihm die Serviette um den Hals zu binden.

»Es wäre eine Sünde, ein so schönes Hemd zu beschmutzen.«

Manelle brachte Samuel ein Glas Orangensaft. Zum Frühstück begnügte er sich damit, an einer Madeleine zu knabbern. Trotz der fast greifbaren Traurigkeit zwangen sich die jungen Leute zum Essen, konnten aber den Gedanken nicht vertreiben, dass dieses Frühstück das letzte war, das sie mit Samuel teilten. Beth hingegen genoss das üppige Angebot sichtlich und ging ein weiteres Mal zum Büffett.

»Die Person, die mich abholt, damit ich meinen Bruder sehen kann, kommt um zehn Uhr, oder, Manelle?«

Manelle legte ihre Hand auf seinen mageren Unterarm.

»Er weiß es, Samuel. Wir müssen nicht mehr lügen, Ambroise weiß Bescheid, ich habe ihm gestern alles gesagt.«

»Ja, Monsieur Dinsky«, bestätigte Ambroise, »Manelle hat mir alles erklärt.«

»Machen Sie mir die Freude, und nennen Sie mich heute noch Samuel.«

»Ich würde Sie gerne mit Manelle zusammen begleiten, wenn Sie erlauben, Samuel.«

»Oh, eskortiert gleich von zwei Engeln! Ich könnte mir nichts Schöneres vorstellen.«

In dem Moment kam Beth mit einem Teller, gefüllt mit Obst und Croissants, zurück und schaute fragend von einem zum anderen.

»Beth«, wandte sich Ambroise mit ernster Miene an seine Großmutter. »Samuel, Manelle und ich müssen dir etwas sagen.«

»Wenn es um den ärztlich begleiteten Suizid geht, macht euch keine Umstände, Samy hat mir bereits alles gesagt.«

»Wie? Wann?«

»Gestern, als wir auf dem Rastplatz waren, nachdem

er alles erbrochen hatte und ich ihm gesagt habe, dass ich deine Großmutter bin und nicht die ehrenamtliche Betreuerin, wie du ihn glauben lassen wolltest. Ich habe dir nichts gesagt, weil er mich gebeten hatte zu schweigen«, fuhr sie fort und griff sanft nach Samuels Hand. »Samy hatte Angst, dass du umkehrst.«

Außer mir scheint hier ja jeder sein Geheimnis zu haben, dachte Ambroise.

Die Mitarbeiterin der Organisation *Erlösung* betrat um Punkt zehn Uhr die Hotellobby. Präzise wie ein Schweizer Uhrwerk, ging es Beth bewundernd durch den Kopf.

Emma Rochat hatte eine angenehme Stimme, die ihren starken waadtländischen Akzent noch hervorhob. Sie war um die fünfzig, hatte ein freundliches Gesicht, trug farbenfrohe Kleidung und hatte, entgegen Manelles Erwartung, nichts Düsteres an sich, abgesehen vielleicht von ihrem strengen Haarknoten. Die junge Frau hätte diese todbringende Kreatur gern gehasst, konnte sie aber nicht unsympathisch finden. Sie zeigte sich Samuel gegenüber sogleich aufmerksam und respektvoll, ihr »Guten Tag, Monsieur Dinsky« klang aufrichtig.

Nachdem sie sich vorgestellt hatten, bat Emma Rochat sie in den kleinen Salon des Hotels, wo für die Gäste Sitzgelegenheiten bereitstanden. Dort erklärte sie Samuel ohne Umschweife und präzise, wie alles ablaufen würde.

»Sie werden am frühen Abend gehen, wenn es Ihnen recht ist, bei Anbruch der Nacht.«

Er muss sich davonstehlen wie ein Dieb, durchfuhr es Manelle.

»Seien Sie versichert, Monsieur Dinsky, dass Sie zu jeder Zeit Herr über die Lage bleiben und die Dinge ändern können, wie es Ihnen beliebt. Ich erinnere Sie daran, dass die Organisation *Erlösung* und ich selbst nur hier sind, um Sie bei Ihrem Vorhaben zu begleiten und dieses so human und angenehm wie möglich zu gestalten. Um elf Uhr haben wir einen Termin bei Doktor Meyan, dem Arzt der Organisation, der überprüfen wird, ob Ihr Zustand in jeder Hinsicht mit unserer Ethik übereinstimmt. Eine simple Formalität, keine Sorge. Ihre Krankenakte haben Sie dabei, nicht wahr?«

Manelle holte den Hefter mit den geforderten Papieren heraus.

»Danke. Und dann benötige ich noch ein gültiges Ausweisdokument.«

»Ich habe nur meinen Personalausweis«, stammelte Samuel.

Manelle nahm ihm vorsichtig die Brieftasche aus den zitternden Händen, holte den Ausweis heraus und reichte ihn Emma Rochat.

Lange blickte sie auf die Plastikkarte, ohne ein Wort zu sagen.

»Ich sehe, dass Ihr Ausweis vor mehreren Monaten abgelaufen ist. Haben Sie noch ein anderes Dokument dabei? Einen Reisepass oder eine Kopie Ihrer Geburtsurkunde vielleicht? Oder eine Personenstandsurkunde? … Nein? … Dann haben wir ein Problem. Sie haben wirklich nichts anderes als diese Karte?«

»Aber Sie sehen doch, dass er es ist«, rief Manelle genervt.

»Ich sehe ein Dokument, dessen Gültigkeit im April abgelaufen ist. Und das ist das Einzige, was rechtlich maßgebend ist. Jenseits jeglicher humanitärer Beweggründe, die ich nachvollziehen kann, haben wir nicht die Möglichkeit und noch weniger das Recht, beliebig über die Identität von jemandem zu entscheiden.«

»Verdammt, aber sein Zustand, Sie sehen doch seinen Zustand, oder? Und seine Krankenakte, ist die beliebig, seine Krankenakte?«, ereiferte sich Manelle.

Emma Rochat legte ihr beruhigend ihre Hand auf den Arm.

»Hören Sie, Mademoiselle, es bringt nichts, hier einen Aufstand zu machen. Das hilft uns nicht dabei, eine Lösung zu finden.«

»Das können Sie ihm nicht antun. Er hat sich innerlich darauf eingestellt«, beschwor nun auch Ambroise die Mitarbeiterin der Einrichtung.

»Er hält die Schmerzen nicht mehr aus, zum Teufel«,

zischte Manelle. »Er erbricht alles, was er zu sich nimmt, sieht immer weniger klar und ist morgens ebenso erschöpft wie am Abend.«

Samuel saß verloren auf dem Sofa und verstand von dieser Aufregung nicht viel.

»Stimmt etwas nicht?«, erkundigte er sich bei Beth.

Diese setzte sich neben ihn und nahm seine Hand. »Ich weiß nicht, aber anscheinend schlummert in jedem Schweizer ein Zollbeamter.«

»Die Regelung ist bindend: Man muss beweisen, dass man existiert, bevor man sich das Recht erbitten kann, dem ein Ende zu setzen, so einfach ist das«, erklärte Emma Rochat, erhob sich von ihrem Sessel und trat vor den alten Mann.

Sie legte den Ausweis und die Krankenakte auf den niedrigen Tisch und erging sich in Entschuldigungen.

»Monsieur Dinsky, es ist das erste Mal, dass wir den Wunsch eines Menschen nicht erfüllen können. Bitte glauben Sie mir, dass es mir unendlich leidtut, aber es ist uns leider unmöglich, dem Protokoll entsprechend fortzufahren. Da sind uns die Hände gebunden. Natürlich wird Ihnen die bezahlte Summe erstattet, abzüglich unserer Auslagen. Und wir stehen Ihnen selbstverständlich für jede erneute Anfrage zur Verfügung, sobald Ihre Papiere in Ordnung sind. Auf Wiedersehen, Monsieur Dinsky, Mesdames, Monsieur.«

Ambroise und Manelle hatten sich ebenfalls erhoben

und standen wie erstarrt nebeneinander, vollkommen paralysiert von dem, was gerade geschehen war. Ambroise legte einen Arm um die junge Frau und raunte ihr ins Ohr:

»Das wolltest du doch, oder? Deshalb bist du uns doch gefolgt, scheint mir. Komm, er braucht uns jetzt.«

Sie knieten sich vor Samuel, hielten jeder eine Hand und erklärten dem ausgezehrten alten Herrn, dass er heute nicht sterben werde, dass er seine Schmerzen noch eine Zeit lang würde erdulden müssen, aber dass sie ihm beistünden, was immer auch geschehe, wie versprochen, und das bis zum Schluss.

Beth hatte in der Zwischenzeit Samuels Krankenakte vom Couchtisch genommen und blätterte darin herum. Dann stutzte sie und fragte mit verwundertem Blick in die Runde:

»Er hat nur einen einzigen Spezialisten aufgesucht?«

»Ja, hat er«, bestätigte Manelle. »Wieso fragen Sie?«

»Ambroise Larnier, was hat dir deine Großmutter vor langer Zeit beigebracht?«

»Dass Spezialisten die Dinge nur mit einem Auge sehen. Und dass man immer einen zweiten befragen muss, wenn man einen umfassenden Blick auf die Krankheit haben will.«

33

»Würdest du Samy und Manelle erzählen, wer dein Vater ist, Ambroise Larnier?«

»Was hat das damit zu tun?«, brummte Ambroise.

»Nun, antworte, das wird sie interessieren«, hakte Beth nach.

»Professor Henri Larnier, Nobelpreis für irgendwas, 2005«, murmelte er.

»Medizin, er hat den Nobelpreis für Medizin bekommen. Und in welchem Bereich ist er noch mal tätig, der gute Mann, kannst du uns das auch verraten?«

»Oh nein, Beth, ich weiß, worauf du hinauswillst, aber das kommt absolut nicht in Frage. Nur über meine Leiche.«

»Nicht über deine, aber ich gratuliere dir zu dieser Wortwahl.«

»Entschuldige, Samuel, das wollte ich nicht. Aber du verlangst das Unmögliche, Beth, ich bitte dich.«

»Worum geht es?«, wollte Manelle neugierig wissen.

»Na, stellen Sie sich vor, der junge Mann, der hier vor Ihnen steht, hat einen der bekanntesten Onkologen zum Vater, und er weigert sich, den Vorteil, ihn konsultieren zu können, zu nutzen.«

»Aber Ambroise, wir müssen sofort zu ihm!«, rief Manelle. »Wir haben nichts zu verlieren. Und es ist mir egal, ob du auf deinen Vater wütend bist, wir verlangen nicht von dir, dich wieder mit ihm zu vertragen, wir wollen nur, dass er sich Samuel anschaut.«

»Er ist der Beste seines Fachs, Ambroise, und das weißt du auch«, drängte Beth. »Außerdem ist das Glück mal auf unserer Seite. Wie zu Beginn jeder Woche muss er in der Weltgesundheitsorganisation sein. Das ist hier ganz in der Nähe. Tue es, Ambroise, für Samuel.«

Der alte Mann stierte mit leerem Blick zu Boden und wartete auf das Ende, das man ihm versprochen hatte. Ambroise schluckte und gab sich geschlagen.

»Okay, aber erwartet nicht von mir, dass ich mich ihm zu Füßen werfe. Und ich mache das nur für Samuel.«

»Danke! Danke!«, rief Manelle erleichtert und küsste Ambroise auf den Mund, bevor sie sanft Samuels Arm ergriff.

Sie fuhren die fünfzig Kilometer nach Genf mit ihrem Kastenwagen am See entlang. Nach über einer Stunde Fahrt hielten sie vor dem schmucklosen Gebäude der WHO. Von außen betrachtet, sah das siebenstöckige Gebäude aus wie ein Wohnblock aus den Siebzigern. Während Manelle mit Samuel im Wagen blieb, um den Kranken nicht unnötig anzustrengen, ging Ambroise mit seiner Großmutter durch die gewaltige Glastür zum Empfang und bat darum, Professor Larnier zu sprechen.

»Wen darf ich anmelden?«, fragte die Empfangsdame.

»Seinen Sohn. Ambroise Lanier.«

»Und seine Schwiegermutter«, setzte Beth hinzu.

Die Frau musterte sie neugierig und bat sie dann, kurz zu warten, während sie eine Nummer wählte.

»Professor Larnier erwartet Sie in seinem Büro. Dritter Stock, sein Name steht an der Tür«, teilte sie ihnen mit, nachdem sie aufgelegt hatte.

Sie holten Manelle und Samuel und stiegen zu viert in den geräumigen Aufzug, der sie nach oben brachte.

Prof. Henri Larnier, Nobelpreis für Medizin.

Ein Schild in der Größe seines Egos, dachte Ambroise. Sie mussten nicht klopfen. Die Tür flog auf, und vor ihnen stand ein alarmierter Henri Larnier.

Das Erste, was Ambroise auffiel, als er den Mann vor sich betrachtete, war, wie stark er gealtert war. Sein Bart war grau geworden. Er war nun über sechzig und hatte von der geraden Haltung, die ihn stattlich und autoritär hatte wirken lassen, ein wenig verloren.

»Was ist los?«, fragte der Professor beunruhigt, noch bevor er seinen Sohn begrüßt hatte.

»Guten Tag, Papa«, begann der junge Mann.

»Entschuldige, guten Tag, Ambroise. Guten Tag, Elisabeth.«

Seine Schwiegermutter hatte ihn bereits hundertmal gebeten, sie Beth zu nennen, doch vergeblich. Im Leben wie in der Medizin kam es für ihn nicht in Frage, Bezeichnungen auf die leichte Schulter zu nehmen.

»Guten Tag, Mademoiselle, Monsieur.«

»Manelle und Samuel«, stellte Ambroise sie vor.

»Was verschafft mir die Ehre, ist etwas Schlimmes passiert, was hast du?« Sorgenvoll betrachtete er seinen Sohn.

»Nein, nein, was soll schon mit mir sein?«

»Du kommst mich nicht einmal besuchen, wenn ich in Nîmes bin, du wirst also verstehen, dass deine Gegenwart, Hunderte von Kilometern von zu Hause entfernt und in Begleitung deiner Großmutter und dieser mir unbekannten Leute, mich doch ein klein wenig irritiert.«

»Könnten wir vielleicht in deinem Büro darüber sprechen, oder ist das zu viel verlangt?«

»Ich habe nicht genug Stühle für alle, darum schlage ich vor, dass wir in die Cafeteria runtergehen«, sagte der Professor schnell und schloss die Tür hinter sich.

Auf neutralem Boden, dachte sein Sohn bitter. Sein Vater hatte ihm schon immer sein Inneres vorenthalten.

Kaum hatten sie Platz genommen, stellte Henri Larnier seine Frage erneut.

»Also, was verschafft mir die Ehre?«

»Nun … also … ich würde mir wünschen … *wir* würden uns wünschen, dass du den Herrn hier untersuchst und dir seine Krankenakte anschaust, damit wir wissen, wie es genau um ihn steht.«

»Oho, mein Sohn wird doch nicht seit Neuestem mit den Lebenden arbeiten? Einfach so?«, bemerkte Henri Larnier ironisch.

»Bitte, Henri«, schaltete sich Beth ein, »Ambroise hat sich dazu durchgerungen, dich um deine Meinung zu bitten. Hör auf, ihn jetzt zu quälen.«

»Das war abzusehen«, murmelte Ambroise mürrisch und stand auf.

»Oh nein«, schaltete sich Manelle ein, während sie Ambroise wieder auf seinen Stuhl zog. »Sie werden jetzt nicht mit Ihren alten Geschichten anfangen. Ich weiß nicht, was zwischen Ihnen geschehen ist, aber das ist jetzt nicht das Problem. Das Problem, Monsieur Larnier, ist der Tumor, der unseren Freund hier auffrisst. Wenn Sie wollen, können Sie Ihren Streit später fortsetzen, aber vorher kümmern Sie sich bitte um Samuel!«, schloss sie und legte Samuels Krankenakte vor den Arzt, der sie verblüfft anstarrte.

»Nun denn«, lenkte er ein und klappte die Akte auf.

Der Professor ließ den Bericht seines Kollegen außer

Acht und überflog rasch die Ergebnisse der Blutanalyse, bevor er sich lange in die Kernspinaufnahmen vertiefte.

»Dem Datum entnehme ich, dass die Bilder vor ungefähr zwei Monaten gemacht wurden, stimmt das?«

»Vor fast zwei Monaten, ja«, antwortete Manelle für Samuel.

»Fast zwei Monate … Nicht möglich«, sagte der Professor dann zu sich selbst.

»Was ist nicht möglich?«, fragte Beth.

»Verzeihen Sie meine Direktheit, aber angesichts der Größe des Glioblastoms zum Zeitpunkt der Kernspinaufnahme und der Kenntnis, dass diese Art von Tumor höchst invasiv und aggressiv ist, ist es wissenschaftlich nicht möglich, dass der Herr hier noch am Leben ist. Das ist wissenschaftlich ganz einfach ausgeschlossen. Ich weiß nicht was ich davon halten soll, Monsieur … Wendling«, fuhr er mit einem Blick auf den Namen auf den Aufnahmen fort, »aber …«

»Dinsky«, korrigierten ihn Manelle, Beth und Ambroise im Chor.

»Bitte?«

»Dinsky. Sein Name ist Dinsky, nicht Wendling«, wiederholte Manelle.

»Hören Sie, hier steht Wendling, Roger Wendling«, beharrte der Arzt und zeigte ihnen die Stelle, an der es weiß auf schwarz stand.

Vollkommen verwirrt starrten Beth, Manelle und Ambroise ihn an, nur Samuel schien nichts bemerkt zu haben, war er doch zu beschäftigt damit, seine Kopfschmerzen in Schach zu halten. Henri Larnier legte die Aufnahmen beiseite und nahm die Krankenakte zur Hand.

»Ich sehe in der Tat, dass der Bericht meines Kollegen, Doktor … Gervaise, einen Monsieur Dinsky betrifft, aber er hat ihn auf Grundlage der MRTs eines Patienten namens Wendling geschrieben. Großzügiger Mann übrigens, dieser Doktor Gervaise. Drei Monate Lebenserwartung für einen Patienten mit einem solchen Glioblastom, Hut ab, das ist kein Optimismus mehr, das ist Science-Fiction … Es muss eine Verwechslung bei der Markierung der Bilder gegeben haben, etwas, was zum Glück immer seltener geschieht, doch nicht ganz ausgeschlossen werden kann.«

»Und woran leidet Monsieur Dinsky dann?«, fragte Beth mit Sorge und zugleich Hoffnung in der Stimme.

»Dazu müssen wir ihn untersuchen. Wie alt sind Sie, Monsieur Dinsky?«

»Zweiundachtzig«, antwortete Samuel schwach.

»Sie haben regelmäßig starke Kopfschmerzen, wegen derer Sie sich haben untersuchen lassen, ist das richtig?«

»Ja«, antwortete Manelle an seiner Stelle.

»Fieber?«

»Ja, seit einigen Tagen fast durchgehend.«

»Erbrechen? Gewichtsverlust?«

»Ja, er erbricht fast alles, was er zu sich nimmt, und er hat stark abgenommen.«

»Beschwert er sich über Sehstörungen? Getrübte Sicht, doppeltes Sehen?«

»Ja, seit kurzer Zeit, aber woher wissen Sie das?«

Henri Larnier stand auf und ging zu dem alten Mann. Er betastete seinen Kopf und untersuchte die Adern an seinen Schläfen, die stark geschwollen waren.

»Wenn ich Ihre Kopfhaut berühre, hier, tut Ihnen das weh?«

»Ja … autsch, ja!«, klagte Samuel.

»Haben Sie schon mal von der Morbus-Horton-Krankheit gehört?«

Seine Frage war an alle gerichtet. Als sie schwiegen, nickte er.

»Sie wird heute auch als Arteriitis temporalis bezeichnet. Das ist eine rheumatische Gefäßerkrankung, die besonders bei älteren Menschen, meist über achtzig, auftritt und an den Symptomen zu erkennen ist, über die wir gesprochen haben. Das größte Risiko bei dieser Erkrankung ist, wenn sie nicht schnell behandelt wird, die nachlassende Sehfähigkeit, manchmal bis hin zur vollständigen Erblindung. Aber seien Sie beruhigt, die Krankheit kann heutzutage erfolgreich behandelt werden. Ich werde Monsieur Dinsky starkes Cortison verschreiben, und wenn es sich tatsächlich um Morbus Horton handelt – was die weiteren Analysen schnell bestätigen sollten –, wird sich sein Gesamtzustand rasch verbessern. Die Kopfschmerzen sollten in einigen Tagen, vielleicht schon in ein paar Stunden nachlassen.«

Ambroise, Beth und Manelle schauten alle drei Samuel Dinsky an, einen Samuel Dinsky, der überhaupt nichts mehr zu verstehen schien und für den, zum zweiten Mal an diesem Tag, die Welt aus den Angeln gehoben war.

34

Der Professor schickte Samuel zur Blutabnahme direkt ins Labor der Organisation und danach noch einmal zur Kernspintomografie. Die Ergebnisse würden am Nachmittag vorliegen. Währenddessen wies Henri Larnier die Apotheke im Untergeschoss an, die nötigen Medikamente bereitzustellen, damit die Cortisonbehandlung möglichst rasch beginnen konnte.

»So, sie liegen in wenigen Minuten am Empfang bereit, zusammen mit dem Einnahmeplan, der strengstens zu befolgen ist, und einem Schreiben an den behandelten Arzt. Die erste Dosis sollte direkt eingenommen werden. Es gilt, keine Zeit zu verlieren. Ah, es ist ewig her, dass wir so praktiziert haben, meine Güte«, sagte Henri mit einem zufriedenen Lächeln. »Das ist ein bisschen improvisiert, das muss ich zugeben, aber es erinnert mich an meine Zeit als Assistenzarzt.«

Zum ersten Mal hörte Ambroise Wehmut in der Stimme seines Vaters, vielleicht wegen der Erinnerung an die Zeit, als der Nobelpreisträger den Arzt in ihm noch nicht ausgestochen hatte.

»Jetzt muss ich leider eine Konferenz vorbereiten«, fuhr der Professor mit Blick auf seine Uhr fort. »Aber ich lade Sie ein, hier zu essen, wenn Sie möchten. Die Kantine ist recht gut, Sie werden sehen. Und ich weiß sowieso nicht, was ich mit all den Essensgutscheinen machen soll, die ich jeden Monat bekomme.«

Nachdem er die besagten Gutscheine auf den Tisch gelegt hatte, verabschiedete sich Henri Larnier von der Truppe, nicht ohne Samuel noch einmal zu beruhigen.

»Wenn wir richtigliegen, Monsieur Dinsky, sollte es Ihnen bald besser gehen, machen Sie sich keine Sorgen.«

Ambroise lächelte. Er hatte die Angewohnheit seines Vaters, in manchen Sätzen »wir« zu sagen, wenn er sich selbst meinte, fast vergessen – eine Angewohnheit, die durch seine unzähligen Fachpublikationen entstanden war, in denen es oft üblich war, in der ersten Person Plural von sich zu sprechen.

Nachdem er gegangen war, schauten sich Manelle und Ambroise in die nun hoffnungsvoll glänzenden Augen.

Emma Rochat und ihr Abschiedstrunk schienen auf einmal ganz weit weg.

Der alte Mann würde weiterleben. Dieser Tag, der sein

letzter hätte sein sollen, war wie eine zweite Geburt. Beth holte mit ihrem üblichen Sinn fürs Praktische alle auf die Erde zurück.

»Wir müssen in die Kantine, bevor zu viele Leute dort sind. Es ist bereits zwölf.«

»Geht bitte vor«, sagte Ambroise. »Sucht etwas für mich aus, ich gehe schnell zum Empfang und schaue, ob die Medikamente schon da sind.«

Sie saßen schon mit ihren gefüllten Tabletts an einem Tisch, als Ambroise mit den Cortisonschachteln zurückkam. Henri Larniers Anweisung folgend, legte Manelle drei Kapseln vor Samuel auf den Tisch.

Unter den ermutigenden Worten seiner drei Schutzengel nahm der alte Herr mühsam eine nach der anderen mit einem Glas Wasser ein und stocherte dann in seinem Essen herum. Die anderen aßen rasch und mit Appetit, jetzt, wo die Anspannung langsam nachließ. Als sie aufbrechen wollten, gab Ambroise Manelle die Autoschlüssel und entschuldigte sich.

»Wartet im Wagen auf mich, ich komme in fünf Minuten nach.«

Den Aufzug ließ er links liegen und sprang zwei Stufen auf einmal nehmend die Treppe in den dritten Stock hoch. Er hatte seinem Vater nicht dafür gedankt, dass er ihnen seine wertvolle Zeit geschenkt hatte.

Aber vor allem wollte er ihn umarmen, so wie ein Sohn seinen Vater üblicherweise umarmt, wenn er sich verabschiedet. Sein schüchternes Klopfen an der Tür blieb jedoch unbeantwortet.

»Papa?«

Er trat ein. Das Büro war leer. Und da sah er es. In dem Moment, als er Henri Larniers Rückzugsort sah, wurde all das, was er sicher über diesen bedeutenden Mann zu wissen glaubte, und die Meinung, die er über Jahre kultiviert hatte – dass er egozentrisch, arrogant, kalt und unsensibel war –, null und nichtig. Weggefegt von dem, was er vor sich sah. Überall um ihn herum, an den Wänden und auf den Brettern der Bücherregale, selbst auf dem riesigen Schreibtisch aus Mahagoni hingen und standen Fotos von Ambroise und seiner Mutter. Ambroise als Baby in den Armen der jungen Frau, Ambroise als Kind, wie er mit einem Stethoskop spielt, seine Mutter im Badeanzug, wie sie am Pool posiert, Ambroise als Jugendlicher beim Gitarrespielen, Ambroise beim Geschenkeauspacken unterm Weihnachtsbaum, Cécile mit Ambroise auf dem Schoß, wie er seine ersten Wörter liest, Ambroise in dem viel zu langen weißen Kittel seines Vaters, Cécile, in einen Roman von Céline vertieft … Ein Altar, Henri Larniers Büro war nichts anderes als ein Altar, wo er zu seiner geliebten Frau und für seinen Sohnes betete, der ihm entglitten war.

Und noch eine Überraschung gab es für Ambroise. Er

traute seinen Augen nicht, als er das Bücherregal erblickte. Niemals hätte er geglaubt, dass sein Vater sich für seine Arbeit interessierte. Und doch befanden sich dort, sorgfältig aufgereiht auf der ganzen Länge des mittleren Fachs, zahlreiche Bücher zur Thanatopraxis und zum Beruf des Einbalsamierers. Werke, von denen einige jüngere die neuesten Tendenzen der Profession behandelten.

Völlig perplex und überwältigt nahm Ambroise ein Blatt zur Hand, schrieb seine Handynummer und die Bitte nieder, dass sein Vater ihn anrufen möge, sobald er die Ergebnisse der Blutuntersuchung habe, und legte es auf die Schreibtischunterlage. Einem spontanen Entschluss folgend, setzte er schließlich noch die Worte hinzu, die man sich nie zu sagen traut. Worte, die einem aus Scham in der Kehle stecken bleiben und die dann manchmal auf dem Katafalk auftauchen, wenn es zu spät ist. Worte, die mehr wert sind als jede noch so kurze Umarmung.

Dein dich liebender Sohn

35

Am Mittwochmorgen erwachte Samuel Dinsky erstaunt in seinem riesigen Hotelbett. Etwas hatte ihn aus dem Schlaf gerissen, etwas, was er seit Ewigkeiten nicht mehr empfunden hatte: Hunger.

Sein leerer Magen knurrte unzufrieden, und sein Gaumen schrie nach einem Frühstück. Im gleichen Moment wurde ihm bewusst, dass der Schraubstock, der noch am Vortag seinen Schädel zusammengepresst hatte, sich gelockert und den Schmerz hatte davonfliegen lassen. Es war, als ob hinter der Stirn eine leichte Brise wehte, die die letzten Spuren seiner Qualen davontrug.

Er stand auf und zog den Vorhang beiseite. Der Sonnenstrahl, der auf das Bett fiel, brachte dieses Mal nicht die unzähligen Nadeln mit, die sich sonst in seine Augen gebohrt hatten. Nein, er war nur geblendet, wie es jeder nach einer Nacht in Dunkelheit beim ersten Blick ins Tageslicht war. Samuel blinzelte und streckte sich wohlig seufzend, ließ seinen Körper die Wärme der Sonnenstrahlen aufnehmen. Er wollte sich gerade wieder aufs Bett legen, da erblickte er sie.

Manelle, Beth und Ambroise standen am Fuß des Bettes und bestürmten ihn nun mit Fragen nach seinem Wohlbefinden.

Als sie aus Genf zum Hotel zurückgekommen waren, hatte sich Samuel, tief erschöpft, sofort hinlegen wollen. »Der Tag war länger als gedacht«, hatte der alte Herr noch gescherzt, bevor er eingeschlafen war. Manelle, Ambroise und Beth waren an seiner Seite geblieben, doppelt so wachsam. Der Tod, dem man die lang versprochene Beute entrissen hatte, hatte vielleicht nicht sein letztes Wort gesprochen. Samuel hatte wieder Fieber bekommen und im Schlaf geschwitzt, sodass Manelle mit Ambroise' Hilfe seinen Schlafanzug gegen ein trockenes T-Shirt ausgetauscht hatte. Hartnäckig hatten sie versucht, Beth dazu zu bewegen, sich in ihrem Zimmer auszuruhen, aber diese hatte sich entschieden geweigert. »Es geschieht schließlich nicht alle Tage, dass man die Chance hat, einen zweiundachtzigjährigen Neugeborenen zu bewachen«, hatte sie tiefernst geflüstert. Also waren sie alle an Samuels Bett im Zimmer 101 geblieben, hatten ihn im Halbdunkel nicht aus den Augen gelassen, seinem Atem gelauscht, auf jeden kleinen Aussetzer achtend, bis der Schlaf sie tief in der

Nacht ebenfalls überwältigt hatte, Manelle im Sessel, Beth auf dem Sofa und Ambroise auf dem Teppichboden.

Samuel betrachtete nun das Dreiergespann, das in Erwartung einer Antwort an seinen Lippen hing. Das breite Lächeln, das auf seinem Gesicht erschien, sprach Bände.

»Und das Fieber?«, erkundigte sich Manelle und küsste ihn auf die Stirn. Sie war normal temperiert und trocken.

»D-Day plus eins, Monsieur Samuel Dinsky. Der erste Tag vom Rest Ihres Lebens«, verkündete Ambroise feierlich.

Am Vortag, ungefähr zu der Zeit, als er seinen tödlichen Cocktail hätte zu sich nehmen müssen, hatte Manelle den Kranken geweckt, um ihm eine zweite Dosis Cortison zu verabreichen. Und anstatt heute Morgen auf einer Edelstahlbahre zu liegen und in der Kälte des Todes auf die Ankunft seines persönlich bestellten Thanatopraktikers zu warten, lag er nun vor ihnen auf den sonnenbeschienenen Laken, lebendiger als je zuvor. Ein Neugeborener von zweiundachtzig Jahren: Beth hätte keinen besseren Ausdruck finden können.

Bloß noch am Leben dank eines abgelaufenen Personalausweises, dachte Ambroise mit Schrecken. Und dank der Hellsichtigkeit seines Vaters, der sie am späten Nachmittag angerufen hatte, um ihnen zu bestätigen, dass es sich tatsächlich um Morbus Horton handelte.

»Kommt ihr mich zu Hause besuchen?«, hatte er Ambroise zum Abschied gefragt. Ein Hauch von Besorgnis lag in seiner Stimme, vielleicht war es die Angst, dass sein Sohn Nein sagen könnte. Angst, dass die Worte auf dem zurückgelassenen Blatt Papier, die Henri Larnier wieder und wieder gelesen hatte, bevor er sie sorgsam in seinem Portemonnaie verstaute, nur Worte bleiben könnten. *Dein dich liebender Sohn*.

»Versprochen, Papa, wir kommen vorbei. Mindestens einmal im Monat, denn so oft brauchen wir ein neues Rezept für Monsieur Dinsky, du bist schließlich jetzt sein Hausarzt.«

Henri Larniers Lachen hatte laut in seinen Ohren gehallt.

D-Day plus eins, auch für uns, Papa, dachte Ambroise. Manelle ließ für Samuel Frühstück aufs Zimmer bringen. Unter Beths zärtlichem Blick verschlang er mit gutem Appetit ein Croissant, woraufhin sie ihm gleich ein zweites mit Butter und Marmelade bestrich.

36

Am selben Abend bestand Samuel darauf, sie zum Essen ins Restaurant des Hotels Régent einzuladen.

»Um meine Morbus-Norton-Krankheit zu feiern«, sagte er zur Begründung.

»Horton, Samy«, korrigierte ihn Beth. »Es heißt Horton.«

»Jedenfalls hätte ich nie gedacht, dass ich eines Tages so froh sein würde, eine Krankheit zu haben«, gestand Samuel tief bewegt. Er trug zu diesem Anlass erneut seinen schönen grünen Anzug. »Ich habe keinen anderen«, entschuldigte er sich bei Beth. »Und es muss ja niemand wissen, dass dies mein Totenanzug ist.«

Die alte Dame hatte wiederum nicht gezögert, ihre Trauerkleidung anzulegen, nur den Schleier hatte sie weggelassen.

»Schwarz geht immer«, sagte sie an ihren Enkel gewandt,

bevor dieser auch nur den Mund aufmachen konnte. »Nicht wahr, Manelle?«

»Sie sehen beide wundervoll aus«, bestätigte diese.

Gemeinsam gingen sie in den Speisesaal, wo ein reservierter Tisch für sie bereitstand.

»Ich habe schon immer davon geträumt, eines Tages in einem antiken Voltaire-Stuhl zu dinieren, umschwirrt von einer ganzen Horde Kellner, die mir jeden Wunsch von den Augen ablesen«, sagte Manelle ironisch und warf Ambroise einen verschwörerischen Blick zu, während sie Platz nahm.

Sie scherzten während des ganzen Essens, lachten trotz der gedämpften Atmosphäre im Restaurant manchmal lauthals auf, woraufhin sie von den anderen Gästen indignierte Blicke ernteten. Beth, die sich fühlte wie die Königin Mutter, nutzte die Bedienung mehr aus als nötig und rief sie nach Lust und Laune zu sich.

»Könnte ich ein Glas stilles Wasser bekommen, mein Bester?«

»Eine Scheibe Vollkornbrot, wäre das möglich? Weißbrot verursacht bei mir Sodbrennen, danke.«

»Sind Sie so freundlich und bringen mir eine warme, feuchte Serviette für meine Hände?«

»Aber Beth, jetzt übertreibst du es ein wenig«, versuchte Ambroise sie zu mäßigen.

»Warum? So viele Kellner zur Verfügung zu haben, ohne

sie rufen zu dürfen, das wäre so töricht wie Kerzen auf einem Geburtstagskuchen ohne sie anzuzünden.«

Am Ende des Abends spendierte Beth dafür ein großzügiges Trinkgeld.

»Die Schweizer wollen Europa nicht, aber meine Euros bekommen sie trotzdem«, tönte sie triumphierend.

Manelle brachte Samuel zu Bett, während Ambroise Beth ihre Injektion verabreichte.

»Jedem sein Alterchen, so wird auch keiner neidisch«, scherzte die alte Dame. »Weißt du, mein Großer«, fuhr sie ernst fort, »ich will für dich kein Klotz am Bein sein. Wenn du eines Tages dein Leben anders führen willst, fühle dich nicht verpflichtet, bei mir zu bleiben.«

»Echt? Und ich dachte, du könntest nicht ohne mich leben. Na gut, aber ich kann dich nicht allein lassen, mit deinem Diabetes und so. Nein, wir werden ein nettes kleines Altersheim für dich finden. Ich kenne eines, das nicht zu teuer ist, wo du viele neue Freunde finden wirst, an Backkursen teilnehmen kannst, Karten spielen, beim Lesezirkel mitmachen. Und ich komme dich jeden Sonntag besuchen. Dann gehen wir im Park spazieren. Das wird wunderbar.«

Als er die fassungslose Miene seiner Großmutter sah, lachte Ambroise laut auf und nahm sie beruhigend in den Arm.

»Aber nein, ich mache doch nur einen Witz. Du weißt doch genau, dass ich ohne deine Kuchen nicht leben könnte! Heute Nacht allerdings bin ich leider gezwungen, dir deine Zimmergenossin zu entführen«, fügte er hinzu und griff Manelle, die gerade hereingekommen war, um die Taille.

»Genießt es, meine Turteltäubchen. Oh ja, genießt es«, erklärte Beth und zwinkerte dem jungen Paar zu. »Bei der Liebe ist es wie mit Bonbons, anschauen allein macht keinen Spaß.«

37

Am nächsten Tag, als sie sich Seite an Seite vor dem Frühstücksbüfett wiederfanden, konnte die neugierige Beth es sich nicht verkneifen, Manelle zu fragen, ob sie gut geschlafen habe.

»Wir haben die ganze Nacht Bonbons gegessen«, flüsterte ihr die junge Frau zu.

»Ausgezeichnet! Schaut zu, dass immer welche in der Packung sind«, riet ihr Beth mit einem Lächeln.

Sie hatten vereinbart, um Punkt zehn loszufahren, und trafen sich mit gepackten Koffern an der Rezeption. Samuel bezahlte die Rechnung, nachdem er die Reservierung für die verbleibenden Nächte storniert hatte.

»Verkürzter Aufenthalt, verlängertes Leben!«, warf Beth der Dame an der Rezeption zu, die höflich nickte, ohne zu versuchen, das Gesagte zu verstehen.

Die Rückfahrt verlief in entspannter Stimmung. Sie fuhren ein letztes Mal am See entlang. Ein altes Dampfschiff pflügte durch das silbrig glänzende Wasser und mischte mit seinen Schaufelrädern sprudelnden Schaum in die Wellen. Am Heck flatterte die rote Fahne mit dem weißen Kreuz im Wind. Wie ein Kind beugte Samuel sich neugierig vor und ließ sich nichts von der vorbeifliegenden Landschaft entgehen. Als sie über die Grenze fuhren, antwortete Beth auf die Frage des Zollbeamten, ob sie etwas zu verzollen hätten: »Nur ein Leben.« Als er die anderen Insassen lächeln sah, beließ er es dabei und schaute zu, wie der Leichenwagen die Schweiz verließ, sich fragend, wie man in einem so traurigen Fahrzeug so fröhlich sein konnte.

Sie sprachen wenig, kommunizierten eher still mit den Augen. Es ging ihnen gut.

Sie waren mit dem Tod als fünftem Passagier ins Land gekommen und fuhren ohne ihn zurück.

Vier Menschen, die sich lebendig fühlten wie schon lange nicht mehr.

38

Bouba und Abdel empfingen Ambroise mit der üblichen guten Laune in ihrem Büro, das unter der Weihnachtsdekoration fast nicht wiederzuerkennen war. Die schwachen Zweige des Fikus bogen sich unter einem Haufen Girlanden. Von der Decke hingen zahllose bunte Kugeln. Eine Armee von Krippenfiguren hatte den Kühlschrank erklommen. An den Scheiben klebten gutmütig blickende, herrlich dickbäuchige Weihnachtsmänner, die die Besucher mit einem spöttischen Lächeln empfingen. Einige Tage vor dem Fest schienen die beiden ihre rote Mütze, die sie von morgens bis abends auf dem Kopf trugen, gar nicht mehr ablegen zu wollen. Wie so oft antwortete der große Senegalese auf Ambroise' Begrüßung mit einem Witz aus seinem Repertoire.

»Kennst du den von dem Skelett, das in ein Café kommt? Der Kellner fragt: Was kann ich Ihnen bringen? Und es antwortet: Ein Bier und einen Putzlappen, bitte.«

Abdel wartete, bis Boubas Lachen abgeebbt war, dann ergriff er das Wort.

»Kommst du wegen der alten Frau? Ich verstehe nicht, warum sie sich bei über Neunzigjährigen mit einer Autopsie abplagen. Warum lässt man sie nicht in Frieden?«

»Du weißt genau, dass dies im Falle eines Feuers, vor allem in einem Altersheim, Pflicht ist«, entgegnete Ambroise.

»Der Brand soll von der Weihnachtsbeleuchtung in einem Raum im Erdgeschoss ausgegangen sein, wie es scheint«, erklärte Bouba.

»Ich habe keine Ahnung. Ich hoffe nur, dass sie nicht gelitten hat. Wo ist sie?«

»Sie liegt noch auf dem Autopsietisch. Wir dachten, das ist praktischer für dich. Wenn du fertig bist, musst du sie nur noch auf den Rollwagen legen, dann bringen wir sie in die Leichenkammer. Du hast alle Zeit der Welt, sie hat keine Familie«, setzte Abdel hinzu.

Ambroise dachte, er habe sich verhört.

»Wie, keine Familie? Wir sprechen schon von Madame de Morbieux, oder?«

»Mademoiselle de Morbieux, bitte. Nun ja, nein, keine Familie, hat die Zuständige der Einrichtung erklärt.«

Während der Aufzug ins zweite Untergeschoss fuhr, wählte Ambroise die Nummer der Rosenresidenz. Er nannte seinen Namen und bat um Auskunft im Fall von

Madame de Morbieux. Die junge Frau am Telefon war in Tränen aufgelöst.

»Es ist so schrecklich, Monsieur Larnier. Drei Tote, können Sie sich das vorstellen? Drei! Nein, Isabelle hatte keine Familie. Ein paar Großneffen, aber die haben sie nie besucht. Sie waren der einzige Besucher, jedes Jahr an ihrem Geburtstag. Ach, wie sie immer von ihrem Einbalsamierer gesprochen hat. Sie hat Sie sehr geschätzt, wissen Sie. An den Tagen nach Ihrem Besuch hörte sie nicht auf, Lobreden auf Sie zu halten.«

»Sie hat mir erzählt, dass ihr Mann vor langer Zeit gestorben sei, aber sie sprach oft von ihrer Tochter, die sie jeden Sonntag ins Restaurant ausführe.«

»Reine Erfindung, Monsieur Larnier. Sie war nie verheiratet und hatte erst recht keine Kinder. Isabelle war sehr begnadet im Geschichtenerzählen. Das war schließlich ihr Beruf, sie war Schriftstellerin.«

»Aber ihre Enkel und Urenkel haben Zeichnungen für sie angefertigt. Das habe ich doch nicht geträumt, die ganzen Zeichnungen, die in ihrem Zimmer an der Wand hingen!«

»Ach, diese Zeichnungen: Das sind Bilder von Grundschülern, die sie für die alten Leute der Residenz gemalt haben. Sie hängen in jedem Zimmer. Nein, es tut mir leid, Monsieur Larnier. Wir und Sie waren ihre einzige Familie.«

Isabelle de Morbieuxs entblößter Körper erwartete ihn

auf der Edelstahlbahre. Der Rechtsmediziner hatte den Tod durch Ersticken bestätigt. Ambroise stellte seine Koffer ab und näherte sich dem Leichnam. Wie die beiden anderen Opfer des Brandes, der den Westflügel der Rosenresidenz verwüstet hatte, war die alte Frau im Schlaf vom Rauch überrascht worden. Die Flammen hatten keine Zeit gehabt, zu ihr zu gelangen, Gesicht und Körper waren unversehrt.

Nach einer Autopsie war die Konservierung stets langwierig und schwierig. Während er den Leichnam mit einem feuchten Tuch wusch, tönte die klare Stimme der alten Dame so deutlich in seinem Kopf wie im Orchideenzimmer: »Erzählen Sie mir von sich, Ambroise. Sie erzählen nie etwas von sich selbst.«

Er musste lächeln – und während seine Hände über ihre weiße, marmorne Haut fuhren, begann er zu sprechen. Er erzählte von Manelle, von ihrer Empörung und seiner Verblüffung, als sie sich das erste Mal begegnet waren. Manelle und ihren glühenden Augen, ihrem geschmeidigen Körper, ihrem betörenden Duft, ihrem wundervollen Lächeln. Manelle und ihren Lippen, von denen er niemals genug bekam. Er erklärte, wie sie nun jeden Tag in der Vorfreude auf das Wiedersehen am Abend lebten.

»Letzten Monat ist die Wohnung unter uns im zweiten Stock frei geworden, und wir haben die Gelegenheit genutzt. Ich muss nur ein Stockwerk laufen, um Beth ihre Injektion zu verabreichen. Ach, Beth, ich habe Ihnen nichts von Beth erzählt, Isabelle. Sie hätte Ihnen sicher auch gefallen.«

Ambroise sprach weiter, während er mit der Konservierung begann. Bald wurden seine Worte von dem Brummen der Pumpe untermalt.

»Sie hätten Odile Chambons Verzweiflung sehen sollen, als wir ihr nach unserer Rückkehr aus Morges den Kater wieder abgenommen haben. Also hat Beth mit ihr vereinbart, dass er jede zweite Woche bei ihr ist. Das geht nun schon drei Monate so. Geteiltes Sorgerecht, eine Woche lang *far breton* im dritten Stock, eine Woche lang grenzenlos Streicheleinheiten im Erdgeschoss. Den Kater scheint es nicht zu stören, er hat zwischen seinen beiden Frauchen sein Gleichgewicht gefunden. Ach, und das Theater hat wieder angefangen. Habe ich Ihnen erzählt, dass ich Teil einer Schauspieltruppe bin? Wir haben einen Neuzugang: meine Großmutter. Es fehlte jemand für eine kleine Nebenrolle: eine alte Dame. Sie müssten sie sehen, wie sie auf der Bühne im Rampenlicht steht und ihren Text sagt. Die ganze Truppe ist vernarrt in sie, obwohl sie die nervige Angewohnheit hat, den Text zu ändern, wie es ihr passt.«

Während er sprach, fuhr Ambroise fort, ihren Körper zu behandeln. Nur von Zeit zu Zeit unterbrach er sich kurz, um eine Kanüle zu fixieren oder eine Eintrittsstelle zu vernähen. Und er erzählte lange von Samuel, wie der alte Herr sich an jedem neuen Tag auf Erden erfreute.

»Zusammen mit Manelle hat er die Kernspinaufnahmen zu Doktor Gervaise gebracht. Da hat der vielleicht blöd geguckt, der Spezialist, als Samuel in Bestform in seiner Praxis auftauchte. Als hätte er einen Geist gesehen, hat Manelle berichtet.«

Ohne seinen Redefluss zu unterbrechen, ging Ambroise dazu über, den Leichnam anzukleiden. Über die Satinwäsche zog er ihr liebstes Blumenkleid. Er knotete ein Seidentuch um ihren Hals, klemmte eine Spange in ihr weißes Haar, schminkte ein wenig ihr Gesicht und besprengte ihre Wangen mit Kölnisch Wasser. Ambroise hatte stets welches in seinem Koffer, da es den Geruch des Konservierungsmittels überdeckte. »Kölnisch Wasser, ich habe nie etwas anderes benutzt«, hatte ihm die alte Frau bei jedem seiner Besuche gesagt. »Mein Mann hat das sehr gemocht.«

»Isabelle de Morbieux, Sie sind mir vielleicht eine Lügnerin«, rügte Ambroise sie lächelnd bei der Erinnerung daran. »In drei Tagen ist Weihnachten«, fuhr er fort. »Wir feiern alle bei meinem Vater. Seit wir aus Morges zurück sind, telefonieren wir jeden Sonntag, und ich gehe von Zeit zu Zeit bei ihm vorbei, und dann erzählen wir uns, was passiert ist in unserem Leben, ich von den Leichen, er von den Konferenzen. Und wir sprechen oft über Mama. Sie ist wieder bei uns, die Erinnerung an sie hat den Graben zwischen uns wieder geschlossen. Jedenfalls hat Papa darauf bestanden, uns an Weihnachten zu sich einzuladen. Sogar

Samuel wird dabei sein. Ich wäre nicht überrascht, wenn er eine Schwarzwälder Kirschtorte mitbringt.«

Ambroise beugte sich über die Verstorbene.

»Weihnachten, Christi Geburt. Das ist doch ein guter Tag, um allen zu verkünden, dass in Manelle ein kleines Wesen heranwächst, meinen Sie nicht, Isabelle?«, flüsterte er ihr ins Ohr.

Und die Stimme der alten Dame erklang klar und fröhlich in seinem Kopf: »Ein verdammt guter Tag, Ambroise!«

39

Seit einiger Zeit schien es Marcel Mauvignier so, als habe sich im Verhalten seiner Seniorenhilfe etwas verändert.

Die ständige Gereiztheit, die Manelle Flandin zuvor an den Rand der Rebellion getrieben hatte und den alten Mann bei Laune hielt, war einer besorgniserregenden Gelassenheit gewichen. Sie erfüllte nunmehr alle Aufgaben, die er auf dem karierten Blatt auflistete, ohne sich zu sträuben. Misstrauisch fragte sich der Alte, was sich hinter dieser scheinbaren Ruhe verbarg.

Heute Morgen störte ihn aber noch etwas anderes, ohne dass er genau sagen konnte, was es war. Auf den ersten Blick erschien ihm das Verhalten der jungen Frau nicht anders als an den Tagen zuvor. Wie es ihre Gewohnheit war, hatte sie bei ihrem Eintreffen die Tür zugeschlagen und ihm aus dem Flur »Ich bin es nur« zugerufen – in einer Lautstärke, mit der sie Tote hätte aufwecken können –, war ins Wohnzimmer gekommen, um ihn zu begrüßen, wie sie es fünfmal in der Woche tat, hatte rasch die Anweisung überflogen, die auf dem Küchentisch bereitlag, und war dann den Nachttopf in der Toilette ausleeren gegangen, um das Email anschließend ausgiebig abzuspülen.

Doch etwas stimmte nicht, da war sich der Alte sicher, es war so störend wie ein Kiesel im Schuh und bewirkte ein leichtes Unwohlsein. Er schlug die Zeitung zu und wand sich in seinem Sessel. Noch nie war ihm das Sitzkissen so unbequem vorgekommen. Musste er dieses Unwohlsein nicht als finsteres Omen werten? Er kam zu dem Schluss, dass Mademoiselle Flandin, Seniorenhilfe und wie alle anderen eine patentierte Diebin, wie er bald beweisen würde, an diesem Morgen entschieden hatte, zur Tat zu schreiten und den wehrlosen Alten, der er war, um sein Geld zu bringen. Schon der Gedanke an einen Diebstahl steigerte seine Wachsamkeit, und er ließ den Fernseher, der als Überwachungsbildschirm diente, nicht mehr aus den Augen.

Heute hatte er den Geldschein in der Mikrowelle auf der Küchenplatte versteckt, und er war sich sicher, dass selbst die schlauesten Mäuse der Versuchung irgendwann erliegen. Durch die verdunkelte Scheibe konnte man den Schein auf der Drehscheibe gerade noch erahnen.

Nachdem sie das Schlafzimmer geputzt, eine Maschine voll Wäsche angestellt und den Flur gefegt hatte, ging die junge Frau singend in die Küche zurück.

Wir werden sehen, wer zuletzt singt, dachte der alte Mann. Mit der Fernbedienung auf den Knien schaltete er auf Kamera drei. Er konnte beobachten, wie seine Haushaltshilfe, gemäß den Anweisungen auf dem von ihm geschriebenen Aufgabenzettel, begann, die Kaffeemaschine zu reinigen, die rechts neben der Mikrowelle stand.

Er hatte zunächst Zweifel, ob seine Falle funktionieren würde, fürchtete, dass sie das Gerät reinigen werde, ohne überhaupt einen Blick in die Mikrowelle zu werfen, aber dann ließ das eigentümliche Pling der sich öffnenden Tür sein Herz höherschlagen.

Sie hatte den Geldschein gefunden!

Die Augen auf den Bildschirm geheftet, entging dem Alten keine von Manelles Bewegungen. Einige Sekunden lang stand sie halb abgewandt, sodass man nur ihren Rücken sah. Dann geschah, was er sich immer erhofft hatte: Er erahnte mehr, als dass er sah, wie ihre Hand blitzschnell in die Tasche ihres Kittels fuhr, bevor das Klacken der sich schließenden Tür zu hören war.

Das Geräusch einer zuschnappenden Falle, dachte der Alte jubelnd. Während sie die Spülmaschine ausräumte, sang die junge Frau die ganze Zeit. Mit einer sanften, warmen Stimme, die der Alte noch nie zuvor bei ihr gehört hatte, sang sie ein Kinderlied, während sie unter dem Klirren des Geschirrs durch die Küche wirbelte. Noch mehr als die merkwürdige Liedauswahl beunruhigte ihn die Art, wie seine Seniorenhilfe zwischen zwei Strophen herausfordernd in die Kamera schaute. Das lief nicht gut. Gar nicht gut. Aber er würde sie überführen. Die gespeicherten Bilder waren eindeutig genug, um sie bei ihren Vorgesetzten als gemeine Diebin zu entlarven.

An diesem Vormittag nahm sich Marcel Mauvignier nicht die Zeit, auf seiner Uhr nachzuprüfen, ob die vom Seniorenhilfsdienst in Rechnung gestellten achtundvierzig Minuten wirklich abgelaufen waren. Sobald Manelle die Wohnung verlassen hatte, trappelte er in die Küche.

Hastig öffnete er die Mikrowellentür. Ungläubig starrte der alte Mann in den dunklen Innenraum. Vor Verblüffung stand ihm der Mund offen.

Der Fünfzig-Euro-Schein mit der Nummer U18190763573 war verschwunden. An Ort und Stelle, glattgestrichen auf der Glasplatte, lag allerdings ein anderer Schein, den er nun mit zitternden Fingern herausnahm und in alle Richtungen drehte.

Er roch daran, zerknüllte ihn und hielt ihn ins Licht. Der brandneue Schein zeigte seinen Wert über einem Barockbogen an.

Die Abbildung tanzte vor seinen Augen.

Hundert Euro.

Mit zitternden Fingern legte er den Schein dahin zurück, wo er ihn gefunden hatte. In seinem Innern brodelte es. Warum hatte dieses Miststück das getan? In dem

Augenblick wurde ihm klar, dass er über die Summe nicht verfügen konnte. Der Schein gehörte ihm nicht ganz, er gehörte ihnen beiden. Halbe-halbe. Marcel Mauvignier fluchte laut: Die Seniorenhilfe hatte ihn in seine eigene Falle gelockt! Und jetzt fiel ihm auch ein, was ihn von Anfang an in Unruhe versetzt hatte und was er nicht hatte definieren können: Heute Morgen hatte ihm Manelle Flandin zum ersten Mal, seit sie ihn jeden Tag begrüßte, ein strahlendes Lächeln geschenkt.

Danke

Ich möchte dieses Buch nicht beenden, ohne meinem Freund, dem Thanatopraktiker Jules Rizet zu danken, der mir freundlicherweise die Türen zu seiner geheimnisvollen Welt geöffnet hat. Dank ihm hatte ich das Privileg einer eindrücklichen und zutiefst menschlichen Erfahrung. Ich war Zeuge des Respekts, den er den Verstorbenen entgegenbringt, der Demut, mit der er trotz seiner immensen Fähigkeiten den Herausforderungen seines Berufes begegnet, des ehrlichen Mitgefühls für die Familien, und vor allem seiner ganz eigenen Art und Weise, seine Liebe zu den Lebenden in den Dienst der Toten zu stellen. Ich werde ihm auf ewig dankbar sein, dass er mir erlaubt hat, in seine Welt einzutauchen, aus der ich lebendiger als je zuvor wiederaufgetaucht bin.

Jean-Paul Didierlaurent